KB044926

새벽의 모든

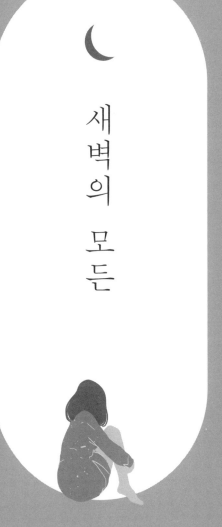

새벽의 모든

세오 마이코 지음 ─ 김난주 옮김

왼쪽주머니

차례

1

그
여
자

주변 사람들은 과연 나를 어떤 인간이라고 생각할까.

참하고 성실. 그건 좀 아니고, 명랑하고 쾌활한 것도 아니다. 눈치가 빠르고 착한 것은 좋지만, 그게 전부도 아니다. 일 잘한다는 평가를 받고 싶은 것도 아니고, 지위나 명예를 원하는 것도 아니다. 아무것도 바라지 않는데, 어떻게 처신하면 좋을지 늘 고민한다.

지금 다니는 구리타금속에서 일한 지 3년이 지났다. 우수관이나 기와 등의 건축자재, 못과 철사 등을 철물점이나 인테리어업체에 납품하는, 직원까지 모두 여섯 명의 작은 회사다.

사장인 구리타 씨는 예순여덟 살이다. 나이 덕분인지 사

7

소한 일에 아등바등하지 않고 만사를 너그럽게 받아들인다. 나와 함께 사무 일을 보는 스미카와 씨는 말을 딱 부러지게 하는 사람이지만, 그런 말에 별다른 의미는 없다. 오히려 남을 잘 보살피고 악의가 없다. 히라니시 씨와 스즈키 씨도 예순 전후의 아저씨다. 히라니시 씨는 말이 많고 모두를 잘 웃긴다. 스즈키 씨는 묵묵히 일만 하지만 무뚝뚝한 것은 아니고 친절하다. 지난달에 새로 들어온 남자 직원은 조용하고 차분하다 못해 멍해 보인다. 이렇게 한가로운 직장에서, 누군가에게 미움을 사거나 소외되는 일은 없지 싶다.

그렇게 잘 알고 있는데, 나는 누구의 눈치를 보고 있는 것일까. 내가 어떤 사람이고 싶은지 분명한 이미지가 있다면 좀 더 편하게 처신할 수 있을 것 같기도 하다. 그런 것조차 없으면서 주위 사람들의 시선에 신경을 쓰다 보니 늘 뭔가가 삐걱거린다. 그리고 무엇보다, 그런 나 자신이 지겹다.

아, 시간이 없는데.

점심시간에 편의점에 온 나는 주먹밥 두 개를 적당히 집어 들고 계산대 앞에 줄을 섰다. 사장과 히라니시 씨는 사모님이 싸 준 도시락과 쟁여 둔 컵라면을 먹고, 스미카와 씨는 남편 도시락을 싸면서 자기 도시락도 싸서 가져온다. 나도 평소에는 출근길에 사 들고 오기 때문에, 점심때 밖에 나가는 직원은 없다. 1시간 동안 어디서 뭘 하든 자유니까 아무도 뭐라 하지 않는다는 것은 안다. 그런데도 혼자서만 밖에 나가면 왠지 미안하다.

계산대 앞에서 초조해하다가 불쑥 생각이 났다. 아니지, 잠깐. 편의점까지 왔는데, 내 먹을거리만 사 들고 가는 건 좀 그렇지. 겨우 여섯 명밖에 없는데. 뭐라도 사 가는 게 좋겠어. 점심은 다들 먹었을 테니까 가볍게 먹을 수 있는 후식. 뭐가 좋을까. 나는 좁은 가게 안을 몇 번이나 오락가락하다가, 슈크림을 몇 개 집어 들고 다시 계산대 앞에 섰다.

"다녀왔어요."

"어, 어서 와."

내가 문을 열자, 히라니시 씨와 스즈키 씨가 라면을 후루룩후루룩 먹으면서 말했다. 사무실 안이 컵라면과 도시락 데운 냄새로 가득하다.

나도 빨리 먹어야겠네. 자리에 앉자마자 주먹밥 비닐을 벗겨 냈다.

"어머, 미사 씨, 뭘 이렇게 많이 샀어. 의외로 많이 먹는 모양이네."

옆자리의 스미카와 씨가 편의점 비닐봉지를 보면서 말했다.

"다 같이 후식으로 먹으려고 슈크림도 샀어요. 지금 나눠 드리는 게 좋을까요?"

혼자서 과자를 나눠 주려니 어쩐지 잘난 척하는 게 아닌가 싶은 기분도 든다. 나는 비닐봉지 속을 스미카와 씨에게 보여 주었다.

"우와, 마침 단 게 먹고 싶었는데. 내가 차 끓일게."

스미카와 씨가 자리에서 일어났다.

"차는 제가 끓일게요. 스미카와 씨가……."

"사 온 사람이 나눠 줘야지."

스미카와 씨는 그렇게 말하고는 "우리는 홍차 마시자" 하면서 씩 웃었다.

"좋네요. 감사합니다."

나는 머리를 숙이면서 말했다.

한 달 전에 입사한 야마조에 씨를 제외하면 모두가 아저씨인 직장.

"달달한 거 드시면서 한숨 돌리세요."

이렇게 말을 하며 나눠 주면 분위기도 달달해질 텐데, 아양을 떠는 것 같아 눈꼴사나울지도 모르겠다는 생각에 그냥 "이거 드세요" 하면서 테이블 한구석에 두고 만다. 내 언행 따위는 누구도 신경 쓰지 않는다는 것쯤은 충분히 알고 있는데도. 정말 한심하다.

"죄송하지만, 나는 배가 안 고파서."

자리로 돌아가니, 야마조에 씨가 슈크림을 돌려주러 다가왔다.

"네?"

"아, 이거, 난 괜찮아요."

"그럼, 집에 가져가서 드세요."

"크림을 잘 못 먹어서."

"아, 그렇……."

굳이 돌려줄 거 없이 집에 가져가도 되는데. 나는 야마조에 씨에게 돌려받은 슈크림을 편의점 봉지에 다시 집어넣었다.

입사한 지 얼마 안 된 야마조에 씨는 이렇게 평온한 직장에서도 겉돌고 있다. 출근은 제일 늦게 하면서 일이 끝나면 부랴부랴 자리를 뜬다. 껌을 씹거나 사탕을 먹으면서 일하고, 선배들과 교류하려는 생각도 없다. 인사하는 목소리는 작고, 움직임은 굼뜨다. 게다가 다 같이 사용하는 냉장고에는 그의 탄산음료가 몇 개나 들어 있다.

나보다 겨우 세 살 아래인데, 요즘 젊은 사람들은 이런가 싶어 놀라울 따름이다.

"오호, 야마조에 씨가 굉장한 회사에 있었군. 그런데 왜 우리 회사에?"

한 달 전. 면접을 보러 온 야마조에 씨 앞에서 이력서를 훑어본 사장은 놀라 소리를 질렀다.

"아, 그게."

어딘가 모르게 초췌한 야마조에 씨는 맥없이 머리를 긁적거렸다.

"그러고 보니 후지사와 씨도 전에는 대기업에 다녔지. 우리 회사가 규모는 아주 작아도 어느 분야에서는 평판이 좋은 건가?"

"음, 글쎄요."

사장이 물어서 나는 애매하게 대답하고 웃었다. 어느 분야에서도 이 회사에 대한 얘기는 들은 적이 없다.

"자네 이제 겨우 스물다섯인데, 괜찮겠어?"

구리타 사장은 3년 전에 이 회사를 찾은 내게도 똑같은 질문을 했다.

"결혼할 계획이 있는 것도 아니고. 그런데 한창 젊은 스물 다섯 살 나이에 괜찮으려나, 이런 회사에 와서."

미안하다는 듯 말하는 사장에게 나는 머리를 꾸벅 숙이며 대답했다.

"그럼요. 부탁드릴게요."

긴장한 것일까, 야마조에 씨는 사장의 말에 "아, 네" 하고 기어 들어가는 소리로 대답하며 고개를 끄덕일 뿐이었다.

"컨설팅회사에 다녔으니까, 어떻게 하면 구리타금속이 지금보다 발전할 수 있을지 조언도 해 주고 그래."

구리타 사장은 그렇게 말하고 웃었는데, 야마조에 씨가 일을 시작한 지 한 달. 조언은커녕 활약하는 장면조차 한 번 본 적이 없다.

한 달 전 일을 떠올리고 있는데, 쉭쉭 하는 소리가 들렸다. 또 그 소리다. 돌아보니, 탄산음료를 마시는 야마조에 씨가 보였다. 탄산음료 뚜껑을 열 때 공기가 빠지는 소리, 참 귀에 거슬린다. 어! 저렇게 작은 소리가 귀에 거슬리다니. 나는 달력을 확인했다. 11월 7일. 혹시…….

탄산음료를 몇 모금 마시고 뚜껑을 닫은 야마조에 씨가 졸려 보이는 얼굴로 책상에 놓은 서류를 훑기 시작했다. 이제 그만하고 점심이나 먹으려고 주먹밥을 한입 물었는데, 또 쉬익 하는 소리가 울린다. 그 맥 빠진 소리에 가슴이 쿵 쿵 뛰는 것을 느낀다.

왜 그러는 거야. 그냥 뚜껑을 열었을 뿐인데. 그게 뭐 어쨌다고. 아직 괜찮아. 사흘이나 남았어. 마음을 진정시키려고 심호흡을 했지만, 그다음 뚜껑을 여는 소리에 몸이 바로 술렁거리면서,

"탄산음료 그만 마시면 좋겠는데."

하는 말이 내 입에서 그냥 튀어나왔다.

"아……."

저만치에서 야마조에 씨가 멀거니 고개를 끄덕인다.

"그 소리, 진짜 거슬려요."

그냥 내버려 두면 되는데, 내 입에서 계속 말이 튀어나왔다. 진정해, 진정해. 아직 그날이 아니니까, 진정하라고. 이

짜증스러움은 기분 탓이야. 속으로는 그렇게 말하고 있는데, 또 말이 튀어나왔다.

"정말 짜증 나네."

"아……."

조금 전과 똑같은 반응. 야마조에 씨가 당황하는 것은 당연지사다. 고작 탄산음료 뚜껑 여는 소리에 이렇게 야단을 떨면 대책이 없다. 그렇게 생각하는 한편, 억누를 길 없는 짜증이 부글부글 끓어오른다.

"탄산음료만 마시지 말고, 일이나 하면 좋을 텐데."

아아, 심술이 뚝뚝 떨어지는 소리다. 자기 입에서 나온 말에 몸서리를 친다. 이제 그만하자. 자기가 어쩌고 있는지는 뒷전으로 돌리고, 부끄럽다. 아직은 멈출 수 있다. 음, 뭐였지. 그래. 단전에 힘을 주고, 차크라를 상상하면서…… 요가 수업에서 배운 것을 실천해 보려 하지만, 한 번 어긋난 브레이크는 제자리로 돌아가지 않았다.

스미카와 씨가,

"미사 씨, 차 한잔 마시면서 좀 쉬자."

하고 달래는데도,

"내가 이상한 말을 했나요?"

하고 따지는 목소리만 높아질 뿐이다.

큰일 났네. 이쯤 되면 끝까지 가서 폭발시키지 않고는 짜증과 분노가 가시지 않는다. 자기 마음인데, 자기 몸인데, 자기 마음대로 할 수 없다.

야마조에 씨는 나의 악다구니에 놀라 멍하고 있더니, 자리를 뜨는 게 최선이라고 생각했는지,

"저, 물건 싣고 오겠습니다."

하고 작은 소리로 사장에게 말하고는 창고 쪽으로 나가려 했다.

"오, 그래."

사장도 그렇게 말했다. 그런데도 나는 멈추지 못했다.

"잠깐만요. 아직 할 말 남았어요."

끝까지 상대를 몰아세우지 않고는 짜증이 가라앉지 않는다. 이런 때의 나 자신을 도저히 어떻게 할 수가 없다.

"하지만……."

야마조에 씨는 어쩔 바를 몰라 걸음을 멈춘다.

사장은 야마조에 씨의 등을 떠밀고, 스미카와 씨는,

"알았어. 알았으니까, 응, 미사 씨."

하면서 내 책상에 찻잔을 내려놓는다. 잘 안다. 내가 모두

를 난처하게 하고 있다는 걸. 그런데도 내 마음은 분노가 이끄는 대로 움직인다.

"왜들 그렇게 말해요. 내가 이상한 사람인 것처럼."

왜 다들 슬쩍 넘어가려는 거야. 내 말이 아직 끝나지 않았다고. 아직 하고 싶은 말이 남았단 말이야. 그리고 앞으로 한 걸음 발을 내딛는 순간, 휘청. 땅이 꺼진 것처럼 몸이 붕 뜨는 느낌. 손끝은 싸늘하게 체온을 잃어 가는데, 얼굴은 화끈 달아오른다. 아아, 왔구나. 역시 온 거였어.

25일에서 30일에 한 번. 생리가 시작되는 날이나 그날에서 2~3일 전, 나는 도저히 어떻게 할 수 없을 정도로 짜증이 난다. 생리가 시작되기 전부터 정신적으로 불안정해지거나 두통과 현기증에 시달리는 일은 흔히 있는데, 그 증상이 아주 심하면 생리전증후군이라는 진단을 받는다. 나 역시 그렇다. 불안해서 잠을 못 자는 경우, 무기력해지는 경우, 비관적이고 우울해지는 경우 등, 생리전증후군에는 다양한 증상이 있는데, 내 경우는 이렇다 할 원인이 없는데 갑자기 분노가 치밀고 공격적이 된다. 주위가 눈에 들어오지 않고 감정이 걷잡을 수 없이 격앙되어, 결국 분노를 터뜨려야 진정

된다.

물론 병원에도 다녔고, 좋다는 것은 거의 다 해 봤다. 피임약은 아버지가 혈전증이 있는 탓에 의사가 권하지 않아 사용하지 못했지만, 주위에서 권하는 대로 한방약에 건강보조제는 물론 태극권에 요가에 필라테스까지 해봤다. 침도 맞았고, 지압도 받았고, 첨가물이나 농약이 자율신경계를 교란한다는 책을 보고는 유기농 재료에 신경 쓴 식사도 했다. 균형 있는 식사에 질 좋은 잠과 적당한 운동. 덕분에 피부는 깨끗해졌고, 감기 한 번 걸리지 않는 건강한 몸이 되었다. 그러나 정작 중요한 생리 전의 짜증과 분노, 그 후에 덮치는 현기증과 냉증은 여전히 좋아지지 않고 있다.

처음 생리를 시작한 중학생 시절에는 증상이 그렇게 심하지 않았다. 사춘기라서 감정이 불안정한가 보다, 그 정도로 생각했다. 고등학생이 되면서 갑자기 화를 내는 경향이 점차 심해졌지만, 그래도 학생이라 남들이 봐주는 일이 많았다. 학교에서 분노를 터뜨리면 아이들이 흥미롭게 봐주는데다 한 달에 한 번 결석은 별문제 아니었다.

그런데 해마다 증상이 심해졌다. 고등학교 3학년 때는 결국 엄마를 따라 산부인과에 갔다. 산부인과는 임신한 여자가 가는 곳 아니냐고 하면서 거부했지만, 쇼핑몰 안에 있는 병원은 청결하고 밝고 선생님도 차분한 여의사여서, 이럴 줄 알았으면 더 빨리 올 걸 그랬다는 생각까지 했다.

"무슨 말이든 생각나는 대로 해도 괜찮아요. 스트레스가 가장 좋지 않으니까, 불만이 쌓이지 않도록 하고."

선생님은 친절하게 그런 말을 하고는, PMS인 듯하다는 진단을 내렸다. PMS, 생리전증후군. 진단을 받아 마음은 편해졌는데, 처방받은 한방약은 꾸준히 먹어도 별다른 효과가 없었다.

대학생이 되어서는 내 마음대로 활용할 수 있는 시간이 많아져 이런저런 시도를 했다. 허브티에 아로마에 건강식품. 매일 밤 착실하게 스트레칭도 했고, 요가와 필라테스 교실에도 다녔다. 그러나 효과가 있다 싶은 느낌은 전혀 없었다. 그래도 대학은 강의를 빼먹기가 쉬워, 생리 사흘 전부터 집에 틀어박혀 지내면서 내 방에서 내 물건에 화풀이를 했다.

문제는 사회인이 되고부터였다. 나는 대학을 졸업하고 바로 화학제품회사에 취직했다. 사회인이 되고 겪은 첫 PMS는 다행히 집으로 돌아온 후에 시작되었다. 독립해서 혼자 살던 나는 방에서 벽을 향해 물건을 던지면서 분노를 삭였다. 다음 날은 빈혈기 때문에 허연 얼굴로 일하고 있었더니, 선배가 일찍 퇴근해도 된다고 말해 줬을 정도다.

그런데 두 번째는 달랐다. 나는 생리를 25일에서 30일 주기로 하기 때문에 예측하기가 쉽지 않은 데다, 이렇다 할 예감이 없다. 불쑥 짜증이 난다 싶으면 PMS가 시작되는 것이다.

그럭저럭 일에도 적응한 5월, 황금연휴가 끝난 후였다.

"이거, 복사."

계장이 내 책상에 슬쩍 서류를 내려놓는데, 갑자기 욱했다. 서류에는 35부라고 쓰인 포스트잇이 붙어 있었다.

"이거, 복사라고 하셨나요?"

나는 벌떡 일어나 계장 쪽으로 몸을 돌렸다.

"그런데."

계장은 그 말이 뭐 잘못되었느냐는 표정이었다.

"복사, 라고만 하면 뜻이 통하지 않죠."

"허."

"복사를 35부 하라고 분명하게 말해 주지 않으면 모른다고요."

내가 다그치자 소심한 계장은 "허, 참" 하면서 웃었다.

"이렇게 책상에 적당히 던지고 간 서류, 그냥 지나치면 누구도 비난할 수 없죠."

"그렇군. 후지사와 씨 말이 옳아."

원만하게 넘어가고 싶은 것이리라. 계장은 순순히 머리를 숙였다. 머리 한구석에는 이쯤에서 그만해야 한다는 생각이 있었다. 처음에는 흥미롭게 보고 있던 다른 직원들도 신입사원에게 잔소리를 듣는 계장의 모습에 연민을 보내고 있다. 한마디 더 하면 나는 완전히 나쁜 여자가 된다. 그렇게 알고는 있는데, 내 입은 공격을 멈추지 않았다. 막 취직한데에서 오는 긴장감도 짜증에 박차를 가했다.

"신입이니까 달래 주면 그만이라는 말투네요."

"기분 나쁘게 들린 모양이군. 정말 후지사와 씨 말대로 서류는 신중하게 다뤄야 한다고 생각했는데."

참 너그러운 사람이다. 게다가 내게 무슨 대단한 주장이 있는 것도 아니다. 복사 정도는 얼마든지 할 수 있다. 그런데도 부글부글 끓는 내 안의 감정은 끝을 보지 않고는 사라지지 않는다.

"진짜 짜증 나네."

그렇게 말하는데 눈물까지 주르륵 흘렀다. 주위 사람들은 나의 불안정한 정서에 기가 죽었고, 집요함에는 넌더리를 내고 있었다. 하지만 충동을 이길 수 없었다.

"아무튼 저, 복사 못 해요."

나는 서류를 계장에게 돌려주었다.

"그래, 알겠어."

계장은 내 옆을 떠나 복사기 앞으로 걸어갔다.

그다음 하루를 어떻게 보냈는지 잘 기억나지 않는다. 머리는 멍하고 손발은 얼어붙을 것처럼 한기가 들었다. 아는 것은 거기까지다. 집에 돌아오니, 현기증이 나는 동시에 후회가 밀려왔다. 나는 계장이 싫은 것도 아니고, 잡일을 시키는 것이 불합리하다고 생각하지도 않는다. 짜증이 나를 조종했을 뿐이다. 그러나 그런 변명을 누가 제대로 들어줄까. 계장에게 던진 말을 떠올리기만 해도 소름이 끼쳤다.

내일 어떤 표정으로 회사에 나가면 좋을까. 일이 손에 잡힐 것 같지 않다. 아니지, 내가 염려하는 것만큼 모두가 그렇게 문제시하고 있지는 않을 것이다. 괜찮아. 결근은 좋지 않아. 이런 일로 회사를 쉬면 출근하기가 더 어려워진다. 간신히 자신을 채찍질해, 다음 날 마음을 굳히고 출근했다. 계장과 상사에게 공손하게 사과하고, 몸이 안 좋아서 정신적으로 불안정했던 것 같다고 말했다. 안색도 좋지 않아 그랬는지, 일을 막 시작한 탓에 스트레스가 클 것이라고 하면서 표면적으로는 용서해 주었다.

이 회사에 계속 다니고 싶고 사회인으로 살아가려 한다면, 더 이상 실수해서는 안 된다는 걸 깨달았다. 한방약과 건강보조제로 근근이 버티고 있을 때가 아니다. 요가와 스트레칭으로 마음을 다스리는 것만으로는 의미가 없다. PMS 때문에 며칠이나 고생하는 사람도 많지만, 내 경우는 한 달에 한 번 그날만 무사히 지나가면 무탈한 매일이 찾아온다. 그래서인지 통제되지 않는 감정 때문에 고민하면서도, 오랜 세월 껴안고 있는 문제다 보니 타성이 붙어 간과하고 있는 면이 없지 않았다. 그러나 이제는 정말 고치도록 노력해야 한다. 나는 인터넷을 검색해 PMS 전문 의사를 찾았다.

레이디스 클리닉이라는 간판을 내건 그 병원은 카페나 미용실인가 싶을 정도로 세련된 인테리어에, 경쾌한 음악이 흐르는 여유로운 분위기였다.

의사가 젊은 남자라서 긴장했는데, 부드럽고 차분한 말투 덕분에 지금까지의 경과를 자세히 얘기할 수 있었다. 카페인과 알코올은 섭취하지 않고, 허브티와 아로마도 시도해 봤다. 스트레스가 쌓이지 않도록 애쓰고 있고, 몸도 적당히 움직이고 있다. 내가 하는 얘기를 의사는 "그렇겠죠" 하거나 "음, 그렇군요" 하면서 들어 주었다.

"지금 후지사와 씨가 가장 절실하게 고치고 싶은 것은 무엇인가요?"

"생리 직전에 찾아오는 짜증이 너무 심해요. 이대로 가면 일도 제대로 할 수 없을 것 같아서……."

"그렇겠죠. 바로 효과가 있는 방법을 원한다면, 약을 복용하는 것도 좋겠는데."

의사는 그렇게 말하고, 조그만 알약을 보여 주었다.

"신경이 곤두섰을 때, 뇌에서 분비되는 세로토닌의 양을 늘리면 마음이 차분해지죠. 5분 정도 지나면 효과가 나타나니까, 짜증이 난다 싶을 때 복용하세요."

"네……."

이렇게 작은 알약이 그 거대한 감정의 폭발을 제어할 수 있다니, 믿기지 않았다.

"한방약과 달라서 바로 효과가 나타납니다. 단, 사람에 따라서 약에 적응되기 전에 졸음이나 현기증 등의 부작용이 생길 수 있으니, 처음 복용은 집에서 하세요."

"네."

병원에서 돌아오자마자 나는 약을 먹었다. 마음이 차분해지면, 어떤 느낌일까. 두통이나 복통은 약으로 다스릴 수 있지만, 과연 감정까지 조절할 수 있을까. 그런 생각을 하고 있는데, 10분쯤 지나자 잠이 쏟아졌다.

자고 싶지 않은데 잠에 질질 끌려가 몸속 깊은 곳까지 잠기는 듯한 감각. 어째 위태롭다. 그렇게 느끼는 사이에 의식은 둥실둥실 어디론가 떠내려가고, 나는 그대로 잠에 빠졌다.

방바닥에서 30분 정도 잤을까. 눈을 뜨고 나니 약간 나른했다. 이렇게 강력한 약은 처음이었다.

약의 효과에 놀라면서, 평상시에 먹었으니 잠이 왔을 뿐이지 짜증 날 때 먹으면 바로 호전되겠다고 생각했다. 의사도 약에 적응하면 부작용이 없다고 했다. 이다음 PMS가 덮치면 먹어 봐야지. 달리 방법이 없으니까.

지난번 생리에서 24일째 되는 6월 1일. 조금 이르지만, 여차하면 오늘일 수도 있다. 나는 회사에 출근하자마자 약을 먹었다. 여기는 직장이다. 긴장하고 있으니 그렇게 졸리지 않을 것이라고 생각했다.

그런데 10분 정도 지났을까. 역시 잠이 쏟아졌다. 아, 안 돼, 안 되는데. 볼을 꼬집고 머리를 내저었다.

"후지사와 씨, 회의실 준비 부탁해요."

상사인 후루야마 씨의 말에 "네" 하고 대답했는데, 목소리가 나오지 않는다.

"듣고 있는 거야? 회의실 세팅, 부탁할게."

"네, 알겠습니다."

하며 일어서는데, 휘청.

"괜찮아?"

"아, 네."

대답을 잘하면 좋겠는데 머리가 멍해서,

"빈혈이야?"

라는 질문에

"아니오. 그냥 졸려서."

하고 대답하는 바람에 후루야마 씨의 웃음을 사고 말았다.

움직이면 정신이 들겠지. 나는 회의실에 가서 책상과 의자의 위치를 바꾸고, 자료를 테이블에 늘어놓았다. 머리와 몸의 움직임이 둔해서 평소보다 시간이 더 걸렸지만, 그래도 잘 마무리했다.

회의는 앞으로 몇 분 후에 시작된다. 잠시만. 잠시만 눈을 붙이고 나면 개운해질 거야. 선 채로 자면 2~3분으로 충분하겠지. 부작용 때문에 머리가 제대로 돌아가지 않는 탓인지, 아무튼 그렇게 생각한 나는 회의실 구석 벽에 기대어 그대로 눈을 감았다. 그다음, 회의실에 들어온 모두의 목소리에 눈을 떴다.

　"어머, 깜짝 놀랐네."

　"여기서 뭐 하는 거야?"

　몇 사람의 놀란 목소리가 들리고,

　"아니, 후지사와 씨. 설마 이러고 자는 거야?"

　후루야마 씨가 어깨를 흔들어 눈을 떴다.

　"아, 저……."

　서 있는 줄 알았는데, 나는 회의실 구석에 쪼그리고 앉아 잠에 빠져 있었다.

　"오늘 왜 그래? 아침부터 어이가 없네."

　라고 말하는 후루야마 씨의 찡그린 얼굴이 보였다.

　"히스테리에, 그다음은 잠? 무섭네."

　"신입이 참 대단하다."

　하는 소리도 들렸다.

끝장이네. 제힘으로는 조절할 수 없는 잠. 이런 약, 다시는 먹을 수 없다. 그리고, 이제 곧 그 끔찍한 폭발이 찾아온다. 회사에서 한 번 더 그런 상황이 벌어지면, 모두가 나를 황당한 사람이라고 여기리라.

그러기 전에, 그래, 오늘 당장 사표를 내자. 이상한 사람이라고 여겨지면 일하기도 쉽지 않다. 1분도 여기 있을 수 없다. 도망치듯 화장실로 뛰어가 세수를 한 다음, 그렇게 결심했다. 일자리를 잃는다는 것과 이런 자신을 그대로 드러낸 채 있는다는 것, 그 두 가지는 내게 똑같이 힘겨운 일이었다.

근무한 지 두 달째 되는 신입사원. 있으나 없으나, 아니, 내 경우는 없는 편이 나은 존재였을 것이다. 사직에 대한 미안함과 인수인계 등은 하지 않아도 될까 하는 불안은 불필요했던 것 같다. 사직서는 "아쉽지만, 일이 맞지 않았나 보군. 어쩔 수 없지" 하는 말과 함께 바로 수리되었다.

일을 그만둔 후, 생리가 시작된 날부터 일주일 정도 집에서 지냈다. 그러나 생리전증후군이 병인 것은 아니다. 체력도 있으니 움직이고 싶다. PMS가 아닐 때의 나는 더없이 건강하다. 게다가 돈이 없으면 생활도 곤란해진다. 투덜거려 봐야 아무 소용이 없고 집에 틀어박혀 있으면 기분만 가라 앉을 뿐이다. 나는 생리가 끝나자마자 억지로 기분을 전환해 아르바이트 자리를 찾았다. 그리고 2년 정도 아르바이트를 하며 자유롭게 지냈다. 슈퍼마켓의 계산원, 레스토랑의 매장 점원. 생리가 시작되기 전만 아니면 주말에도 일했다. 혼자 생활할 만한 돈은 충분히 벌 수 있었다.

그런 한편, 이대로 계속 살 수는 없다는 생각이 있었다. 10년 후, 20년 후에도 지금처럼 생활할 수 있을까 하는 불안도 있었다. 몸에 질 수는 없다. 한 달에 겨우 하루다. 그 정도 일에 묶여서 허송세월하고 싶지 않다.

회사를 그만둔 지 2년. 스물다섯 살이 되자 나는 일자리를 찾기 시작했다. 구인정보사이트를 통해, 융통성이 있을 만한 작은 회사를 찾아 면접을 봤다. PMS에 대해 솔직하게 얘기하자, 몇 군데는 고개를 갸웃거리다 불합격 의사를 밝혔다. 여섯 번째였던 구리타금속의 면접에서 간신히 채용되었다.

"우리 며느리도 매일 짜증 내고, 매일 화를 내."

한 달에 한 번 신경이 곤두서고 스스로도 통제할 수 없을 만큼 신경질을 부린다고 털어놓자, 사장은 그렇게 말했다.

"나도 갱년기라서 그 심정 잘 알지."

스미카와 씨도 그렇게 말하고는 갱년기의 고통을 얘기해 주었다.

사실대로 털어놓아 부담은 덜었지만 실제로 내가 폭발하는 장면을 보면 다들 어떻게 생각할까, 하는 걱정은 필요 없었다. 몇 번이나 히스테리를 부렸는데도 사장은 느긋하게 대처했다.

"한 달에 한 번인데, 뭐. 다른 날은 생글거리며 일하잖아. 아무 문제 없어."

스미카와 씨도 "본인이야 힘들겠지만, 구경하는 우리야 오히려 재미있는걸" 하며 웃었다.

그런 두 사람의 영향인지, 히라니시 씨도 스즈키 씨도,

"후지사와 씨에게 찍히지 않게 열심히 일해야지."

"사장님에게 다음 달에는 월급 올려 달라고 호통쳐 줄 수 없을까."

하는 식으로 나의 짜증을 가볍게 넘겼다.

하는 일은 단순했지만, 일하는 환경은 최고인 직장이었다. 덕분에 한두 달에 한 번꼴로 다른 사람들에게 화풀이를 하면서도 3년이나 계속해 일하고 있다.

어제는 야마조에 씨에게 짜증을 부린 다음 현기증이 나서 조퇴했다. 처음에는 조퇴를 하자니 죄책감이 들었지만, 회사 규모가 작고 업무량이 적어 그런지 누구 하나가 2~3일 쉰다고 업무에 지장이 생기는 일은 없다. 모두가 별 신경 쓰지 않았다.

"어제 소란 피워서 죄송해요."

아침부터 사과하면서 쿠키를 나누어 주었다.

"마침 오늘 단 걸 먹고 싶었는데 말이야."

사장은 그렇게 응수하며 웃었다.

"언젠가 야마조에 씨 차례가 올 줄 알았지."

히라니시 씨도 그렇게 말하면서 바로 쿠키 봉지를 뜯었다.

"그 사람이 좀 맹하잖아. 후지사와 씨에게 그렇게 혼나고도 오늘 아직 안 나타나는 거 보라고. 나 같으면 혼난 다음 날에는 세 배로 일할 텐데."

호탕한 히라니시 씨는 무슨 일이든 농담으로 넘긴다. 처음에는 어디까지가 진담인지 몰라 당황스러웠지만, 지금은 그 농담에 오히려 안도한다.

"죄송합니다. 좀 늦었습니다."

일을 시작해야 하는 시간에 아슬아슬하게 야마조에 씨가

그런 말을 웅얼거리며 사무실로 들어왔다.

"아, 저, 이거."

"아…… 네."

내가 쿠키를 책상에 놓자, 야마조에 씨가 머리를 숙였다.

"어제는 짜증 부려서 정말 미안했어요."

"괜찮습니다. 탄산음료, 줄여야 한다고 생각하면서도 계속 마셨으니까……."

야마조에 씨는 그렇게 말하고는 쿠키를 책상 끝에 밀어놓고 그 자리에 가방을 올려놓았다.

나이 탓도 있겠지만, 이 회사 사람들은 모두가 웬만한 일이 아니면 별말 없이 너그럽게 넘어간다. 하지만 야마조에 씨는 이제 스물다섯 살이다. 갑자기 고함을 지르고 화를 내서 놀랐을 것이라고 걱정했는데, 정말 괜찮은지 평소와 표정이 조금도 다르지 않았다.

"후지사와 씨가 화를 낸 다음 날에 과자를 얻어먹는 건, 우리 회사의 월례 행사니까 말이지. 다들 왔지. 그럼 오늘도 무리하지 말고, 탈 없이 안전하게, 잘 부탁해요."

사장의 말을 들으면서 나는 내 자리로 돌아갔다.

야마조에 씨는 평소와 다름없이 껌을 씹으면서 전표를

확인하고 있다. 내 상황을 설명하는 편이 좋겠다고 생각했는데, 그럴 필요는 없을 듯하다.

"야마조에 씨, 진짜 무던하네."

스미카와 씨의 말에 나는 고개를 끄덕이며 대꾸했다.

"그러게요. 다행이죠, 뭐."

컴퓨터를 켜고 일을 시작한다. 오늘도 5시까지 열심히 일해야지. 어제 폐를 끼친 만큼 메워 놓아야지. 나는 숨을 한 번 내쉬고 전표 정리를 시작했다.

* * *

11월도 하순에 접어들자 가을의 끄트머리를 건너뛰듯 추운 날이 이어졌다.

"이렇게 날이 추우면, 이런 데 청소하기가 싫어진다니까."

스미카와 씨가 온수기 옆의 싱크대 주변을 닦으면서 말했다. 낡은 싱크대는 매일 빈틈없이 청소해도 물때가 끼어 있다.

"남자들은 이래도 괜찮나 몰라."

"저도 별 상관 않는데요."

"정말?"

내 말에 스미카와 씨는 의심스럽다는 듯이 되물었다.

"혼자 사니까, 청소기도 일주일에 한 번 돌리는 정도예요."

꼼꼼한 사람으로 여겨지는 일이 많지만, 나는 의외로 대충대충이다. 꼼꼼하다는 말을 들으면 사람들 눈치를 살피는 나약함을 지적당하는 것만 같은 기분이 든다. 대충대충 한다고 여겨지는 정도가 적당하다. 사흘에 한 번은 청소기를 돌리지만, 나는 조금 과장되게 그렇게 말했다.

"나는 매일 돌려야 되는데. 남편이랑 아이들이 얼마나 흘려 대는지."

퇴근하기 전, 나와 스미카와 씨 둘이서 사무실 청소를 한다. 누가 시킨 것도 아닌데, 달리 할 사람도 없고 일거리가 많은 것도 아니어서 알아서 한다. 또 화장실 청소는 손위 어른인 스미카와 씨가 하면 미안한 느낌이 들어 내가 한다.

"어?"

마지막으로 화장실 바닥을 닦는데, 무슨 약이 떨어져 있었다. 알루미늄 포장에 담긴 채로 두 알. 누구 약이지 싶어 약 이름을 본다. 알프라졸람. 이게 무슨 약이었더라, 이렇게 작은 알약을 언젠가 본 적이 있는데. 약을 쥐고 사무실로 돌아가자, 야마조에 씨 책상으로 후다닥 뛰어가는 사장과 스미카와 씨가 보였다.

"괜찮습니다."

쭈그리고 앉은 야마조에 씨의 맥없는 목소리가 들린다.

"괜찮기는, 이렇게 땀을 흘리는데."

스미카와 씨가 수건으로 야마조에 씨의 얼굴을 꾹꾹 눌렀다.

"죄송합니다. 가벼운 빈혈이니까, 금방 나을 거예요."

쭈그려 앉아 핏기가 가신 얼굴을 한 채 야마조에 씨가 주머니와 가방을 뒤적거리고 있다. 그런데 손이 떨려서 제대로 움직이지 못한다.

그 모습을 보고서 평소에는 말이 없던 스즈키 씨도 걱정스러운 표정을 지으며 자리에서 일어섰다.

"일단 좀 눕는 게 좋지 않겠어?"

"괜찮습니다."

그렇게 대답하는 목소리까지 떨리고 호흡도 가쁘다. 가만히 있으면 좋을 텐데, 야마조에 씨는 가방에 든 것을 바닥에 꺼내기 시작했다. 이런 상황에 뭘 찾고 있는 거지. 아무

튼 무리하지 말고 누워야 한다. 그런데…… 아, 그렇구나. 약

이다. 그는 약을 찾고 있는 것이다. 기억났다. 알프라졸람은

PMS로 다니던 병원에서 처방받은 적이 있는 약이다. 잠이

쏟아져 그만 먹기로 했던 약.

  나는 화장실에서 주운 알약을 야마조에 씨 손에 쥐어 주

고, 컵에 물을 따라 건넸다.

2

그
남
자

너무도 갑작스러운 사태에 대체 무슨 일이 생긴 건지, 스스로도 잘 몰랐다. 하지만 그날 일은 분명히 기억하고 있다.

2년 전, 10월의 첫 일요일이었다. 날씨가 좋아서 지히로와 드넓은 공원을 산책한 다음 조금 늦은 점심을 먹으려고 라면가게에 들어갔다. 나는 소금라면과 볶음밥 세트를 시키고, 그녀는 간장라면을 시켰다. 몇 번 간 적도 있고 그 가게의 소금라면을 좋아했는데, 그날은 어쩐지 영 맛이 없었다.

"맛이 좀 떨어졌나."

"말은 그렇게 하면서도 다 먹었잖아."

"하긴."

지히로가 정곡을 찌르는 바람에 "그만 갈까" 하고서 일어났는데, 몸이 휘청했다. 갑자기 일어나서 현기증이 났나 싶어 천천히 걸음을 옮기려는데, 또다시 휘청하면서 지금껏 느껴 본 적 없는 메스꺼움이 밀려 올라왔다. 토할 것 같고, 쓰러질 것 같고, 속이 아픈 것 같고, 핏기가 싹 가시는 것 같고. 몸에서 힘이 쫙 빠져서, 이대로 가면 기절하겠다고 생각했다.

"왜 그래?"

"왜 그렇지…… 속이 안 좋아."

그렇게 대답하면서 밖으로 나가고 싶다고 생각한 나는 지히로에게 지갑을 건네고 먼저 가게에서 나왔다.

바람을 쐬자 잠깐은 좀 좋아지는 듯하더니, 메스꺼움이 점점 더 심해졌다. 어디가 아픈 것도 아닌데, 정말 이상했다.

"괜찮아?"

"어."

고개를 끄덕이려고 했는데, 무너지듯이 주저앉고 말았다.

"어떡해. 구급차 부를까?"

지히로가 걱정하며 물었다.

구급차. 그 길밖에 없나. 내 힘으로는 어디든 갈 수 있을 것 같지 않다. 한시라도 빨리 이 고통을 없애지 않고는 미쳐 버릴 듯하다.

그렇게 생각하는 한편, 구급차를 타기가 겁났다. 구급차에 실려 가 병원 침대에 눕는 모습을 상상하자 온몸이 으슬으슬했다. 쓰러질 것 같은데, 몸은 가만히 있기를 완강히 거부하고 있었다.

"음…… 글쎄……."

"일단 택시 불러서 응급실에 가자."

지히로는 그렇게 말하고는 큰 도로를 향해 손을 들었다.

"아, 아아……."

대체 뭐가 어떻게 된 거지. 몸 상태는 조금도 나쁘지 않았다. 아침에도 공원에서 조깅을 했다. 그런데 정체를 알 수 없는 불쾌함이 온몸을 휩쓸고 있다. 그녀 말을 따라 택시를 타고 제일 가까운 병원의 응급실에 갔을 때는 서 있기도 힘들었다.

병원에 도착하자 간호사가 바로 "과호흡이네요" 하면서 비닐봉지를 건네주었다. 침대에 누우니 혈압과 맥박을 쟀다. 그 잠깐 사이에도 가만히 있지 못하고 몸을 일으키려 해서 움직이지 말라는 주의를 들었다. 간단한 검사를 받는 동안, 호흡은 점차 진정되고 멀어지던 의식도 되돌아왔다. 간신히 위기를 넘긴 듯하다. 이런저런 검사를 받고 진찰을 받는 단계가 되자, 이 상황을 의사에게 뭐라 설명하면 좋을지 몰랐다.

아픈 곳은 없다, 무슨 증상인지 모르겠다, 아무튼 뭐라 말할 수 없이 메스껍고 몸이 무겁다, 현기증인지 의식이 멀어지는 감각, 어서 빨리 집에 들어가 눕고 싶다, 그러지 않으면 머리가 어떻게 될 것 같다, 그런 말을 두서없이 늘어놓자,

"그런 증상이면 뇌나 심장 이상이 의심되는데, 언어 사용에는 무리가 없고, 손가락도 움직일 수 있는 거죠?"

"네⋯⋯."

"그럼 뇌 MRI는 필요 없겠군요. 혹시 심인성일 수도 있으니까."

"심인성⋯⋯이요?"

"마음의 문제라는 뜻입니다."

의사의 소견에 놀랐다.

"그럴 리가요. 스트레스도 없고, 요즘 딱히 문제되는 일도 없는데."

회사에서나 개인적으로나 충실하게 생활하고 있다. 심각

한 고민거리도 전혀 없다.

"대개 그런 사람들이 이런 증상을 잘 보입니다. 좀 진정되면, 내일이나 모레 순환기검사를 받고."

의사는 그렇게 말하고 위약과 진토제를 처방해 주었다.

응급실을 찾았으니 좀 더 대대적인 처치를 받나 했는데, 진찰은 거기서 끝났다.

계산을 치르고, 기다려 준 그녀와 집으로 갈 쯤에는 몸속에 메스꺼움이 조금 남아 있을 뿐 증상은 거의 사라졌다.

"피곤해서 그런 거 아니야?"

"응, 그럴지도 모르지."

"오늘은 집에 돌아가서 푹 쉬어."

"알았어."

고개를 끄덕이면서도, 전혀 피곤하지 않은데 이상해서 견딜 수가 없었다.

그날은 그 길로 지히로와 헤어져 아파트에 돌아가 처방약을 먹고 그대로 침대에 누웠다. 온몸을 휘감는 나른함과 위가 거북한 느낌은 남아 있었지만, 쓰러질 듯한 힘겨움은 없었다. 드러누운 채 스마트폰으로 오늘의 증상이 뭔지 검색하다가 가물가물 잠들고 말았다.

다음 날도 눈을 뜨는 순간부터 온몸이 술렁이기 시작했다. 대체 뭐야. 왜 이러는 거야. 역시 어디가 안 좋은 걸까. 분명하게 설명할 수 있는 증상이나 통증은 없다. 다만 밖에 나가면 또 쓰러질 것이란 강한 예감만 들었다. 지금까지 한 번도 경험해 본 적 없는 감각. 뭐야, 이거.

그날은 일을 일찍 마무리 짓고 돌아가는 길에 순환기내과에서 검사를 받으려고 했는데, 도저히 회사에 갈 수 없을 것 같았다. 일요일에 현기증이 나서 응급실에 갔다, 오늘은 조심하는 차원에서 하루 쉬면서 병원에 가 검사를 받겠다고 연락하자, 상사는 "늘 열심히 일하고 있는데 하루쯤 그럴 수 있지. 푹 쉬라고" 하며 배려해 주었다.

전화를 끊는 순간, 어제처럼 의식이 멀어질 듯한 감각이 덮쳤다. 머리를 얼음으로 식혀 보기도 하고 누워 보기도 했지만, 나아지지 않았다. 아직 젊은데, 몸이 뭘 원하는지 알 수 없었다. 하루빨리 이 증상을 차단하는 조치를 취하지 않으면 생활하기가 어렵다.

아무튼 병원에 빨리 가자 싶어, 근처에 있는 순환기내과를 검색해 바로 찾아갔다. 로비에서 기다리는데도 숨이 가빠져 몇 번이나 일어서고 물을 마셨다. 채혈을 하고 심전도

검사를 받을 때까지 겨우겨우 견뎌 냈을 정도다. 그 후에 24시간 심장의 움직임을 관찰한다는 기계를 몸에 부착했다.

"이 불쾌함을 어떻게 할 수 없을까요?"

의사는 응급실 의사가 했던 말과 똑같은 말을 했다.

"심전도에는 이상이 없어요. 어쩌면 심인성일 수도 있겠는데요."

"심인성……. 지금 바로 어떻게 할 수 없나요?"

"그 분야는 전문이 아니라서. 검사 결과는 내일이 지나야 나옵니다. 신경 쓰지 말고 마음 편히 지내세요."

의사는 그런 모호한 말만 할 뿐, 약도 처방해 주지 않았다.

간신히 아파트로 돌아오자 피곤이 몰려와, 소스라치게 놀랐다. 병원에 갔다 올 때까지 불과 2시간 남짓. 그 짧은 시간의 외출이 내 마음 같지 않다. 앞으로 나는 어떻게 살아가야 한단 말인가.

달력을 바라본다. 내일도 모레도 당연히 출근해야 한다. 목요일에는 새 프로젝트에 관한 브리핑도 해야 한다. 토요일에는 학창 시절 친구들과 바비큐 파티에 갈 예정이고, 그 다음 주에는 지히로의 생일이 있어 레스토랑을 예약해 놓았다. 월말에는 회사 야구대회가 있는데 서포터로 참가하겠다고 약속했다. 그제까지 그 모든 일정을 기대하고 있었다. 브리핑도 자신이 있었고, 반년에 한 번 만나는 동창들과의 만남도 손꼽아 기다렸다. 그런데 지금은 그저 불안하기만 할 뿐이다. 왜 이럴까. 기대감이나 즐거움 같은 감정이 완전히 사라졌다.

막연하고 갑갑한 불안감. 두고두고 밀려오는 의식이 멀어질 듯한 감각. 온몸이 술렁거려 가만히 있지 못하는 상태. 무슨 이유로 이렇게 정체를 알 수 없는 증상이 나타나는 것일까.

입사한 지 반년이 지나 회사에도 적응하고 일도 즐겁게 하고 있다. 인간관계도 양호하다. 상사는 대하기 편한 사람이고 내 능력을 높이 사 주고 있다. 개인적으로도 아무 문제가 없다. 학생 시절부터 사귀는 지히로는 걱정을 사서 하는 성격이지만, 올곧고 밝아서 같이 있으면 즐겁다. 친구들과도 사이가 좋다. 하루하루가 완벽한 것은 아니어도 충실하다. 일 때문에 피곤해지는 일은 있지만 고민거리나 스트레스는 거의 없다. 그래서 응급실 의사에게 "혹시 심인성일 수도 있겠다"는 말을 들었을 때도 그다지 와닿지 않았다.

그런데 오늘도 의사가 같은 말을 했다. 갑자기 쿵쿵 뛰는 가슴, 이러다 죽는 게 아닐까 싶을 정도의 공포감. 가만히 있어야 하는 자리에서 숨이 가빠지고, 불쑥 밀려오는 불안을 지울 수 없어 밖에 나가기가 겁난다. 이건 그냥 병이 아니다. 몸만 이상한 게 아니다. 심증은 없지만, 이런 게 심인성 병인 것일까.

혈액과 심장 검사 결과를 기다려야 했다. 지금 나를 옭아매고 있는 이 고통을 빨리 제거하고 싶다. 그러지 않고는 머리가 이상해질 것 같다.

인터넷 검색을 하다가 심인성 증상은 정신건강의학과가 전문이라는 것을 알고 놀랐다. 지금까지 그런 병원이 있는 줄도 몰랐는데, 내가 사는 곳에서 30분이면 갈 수 있는 거리에 네 군데가 있었다. 다만 예약이 필수였다. 나는 리뷰가 좋은 곳에 전화를 걸었다.

"어떻게 불편하세요?"

여자가 아주 공손하게 말했다. 상대가 심인성 환자이면 어떤 말에 상처를 입을지 알 수 없기 때문일까.

"내과에서 증상이 심인성일지도 모른다고 해서요."

"그러세요. 지금은 괜찮으신가요?"

"네. 지금은."

"초진이시죠?"

"네, 예약 부탁드립니다."

"현재 예약이 꽉 차서, 두 달 후가 되겠어요……."

너무 멀다. 그렇게 환자가 많다는 것인가. 내 주위에서 누가 정신건강의학과에 다닌다는 얘기는 듣지 못했는데, 심인성 병에 걸린 사람이 의외로 많은 듯하다. 그러나 아무리 그래도 두 달이나 이런 상태로 지낼 수는 없다. 어떻게든 지금 당장 치료받고 싶다.

"그럼, 됐습니다."

전화를 끊고 다른 병원에 전화를 걸었다. 거기도 마찬가지. 초진 예약은 대기 기간이 보통 한 달이라고 한다. 대체 어쩌라는 건가 싶어 초조해하면서 세 번째 병원에 전화를 걸었다. 다행히 이틀 후 아침에 예약을 잡을 수 있었다. 정신건강의학과에 간다. 이 증상으로 진료를 받을 수 있다. 예약만 잡았는데도 다소 안심이 되었다.

다음 날은 심전도검사 기계를 부착하고 있다는 이유로 회사를 쉬고, 수요일 아침 병원에 들렀다 출근하겠다고 전했다. 사실 의사는 기계를 부착하고 있는 동안에도 평소대로 활동하라고 했다. 그러나 이 몸으로는 회사에 가기도 어려울

듯했다. 이틀 반이나 쉬자니 꺼림칙했는데, 일요일에 응급실을 다녀왔기 때문인지 상사는 두말 않고 허락해 주었다.

지히로는 몇 번이나 전화를 걸어 걱정하면서 우리 집에 오겠다고 했지만, 난 대답을 얼버무렸다. 계속 심장이 뛴다. 혼자 가만히 누워 있었다. 이 상태를 이겨 낼 방법이 달리 떠오르지 않았다.

괜찮아. 지금 이상할 뿐이야. 수요일 아침에 병원을 가면 어떻게든 될 거야. 나흘 전까지만 해도 아무렇지 않게 회사에 갔잖아. 약을 먹으면 원래대로 돌아갈 수 있을 거야. 그렇게 믿고, 그저 시간이 지나기를 기다렸다.

화요일 저녁, 순환기내과를 찾았는데 예상했던 대로 검사 결과는 '이상 없음'이었다.

"스트레스 탓인지, 피로가 쌓였겠죠. 마음을 느긋하게 갖는 것이 최선입니다."

순환기내과 의사는 그렇게 말했다. 아, 그렇지. 이곳에서는 나의 증상을 치료할 수 없다. 빨리 정신건강의학과에 가고 싶다. 거기에 가면 어떻게든 될 것이다. 머릿속에는 그 생각밖에 없었다.

응급실에 갔을 때만큼은 아니지만, 뭐라 표현할 수 없는 불쾌함을 견디면서 수요일 아침을 맞았다.

집에서 걸어 15분. 지은 지 2~3년밖에 되지 않은, 각종 병원이 모여 있는 건물. 제일 끝 눈에 띄지 않는 곳에 있었다. 오가는 사람들과 마주치지 않도록 배려한 것일까.

접수창구에서 이름을 말하고 간단히 문진표를 작성하자 바로 진료실로 안내되었다. 이제 살았다. 곧 원래대로 돌아갈 수 있다.

"아아, 공황장애로군요."

마흔 전후로 보이는 의사는 내가 증상을 설명하자 그렇게 단언하고는 공황장애에 관한 안내문을 내밀었다.

"피할 수 없는 자리나 긴장을 강요하는 자리에 있으면 심장이 뛰고 불안해지는 것도 공황장애 때문이겠죠. 음, 약을 세 종류 처방하겠습니다. 하나는 발작치료제. 바로 효과가 나타나는 알프라졸람과 천천히 효과가 나타나는 에틸로플라제페이트. 그리고 근본적 치료를 위한 SSRI(selective serotonin reuptake inhibitor, 선택적 세로토닌 재흡수 차단제). 즉 항우울제를 먹어야 하는데, 졸로프트면 되려나."

촉진도 아무것도 없이, 신상에 생긴 일을 간단히 설명했을 뿐인데 벌써 약에 대해 설명하고 있다. 뭐든 먹고 편해지고 싶은 한편, 이렇게 해서 낫는 걸까 하고 불안해진다.

"하지만 저는 스트레스가 없는 편이고, 지금 무슨 고민거리가 있는 것도 아닌데……."

"음음, 그렇죠. 다만 환자분들이 오해하는 경향이 있는데, 공황장애는 원인이 마음에만 있지는 않아요. 그러니 약을 먹고 치료해야 합니다."

지금까지 수도 없이 같은 말로 설명했을 것이다. 의사는 컴퓨터의 진료 기록에 처방전을 입력하면서 대답했다.

"아, 예……."

"일단 약을 복용해 보시죠. 그리고 몸에 젖산이 쌓이면 발작을 일으키니 쉬우니 격렬한 운동은 피하고, 근육통도 조심하세요. 알코올이나 카페인도 피하시고요."

그리고 진료는 끝났다. 하고 싶은 말도 듣고 싶은 말도 더 많았는데, 뭐라 말하면 좋을지 몰랐다. 눈에 보이지 않는 곳을 진찰하니, 설명을 듣는 수밖에 없을 것이다. 그래도 증상을 설명하기만 했는데 약을, 그것도 뇌에 작용하는 약을 처방받은 것에는 위화감이 있었다.

거부감을 느끼면서도 병원을 나서자마자 발작을 막아 준다는 알프라졸람을 먹고 그 길로 회사에 갔다. 지금은 약에 의지하는 수밖에 없다. 가타부타 투덜거릴 수 없다. 의사 말이 바로 효과가 나타난다더니, 아닌 게 아니라 얼마 지나자 몸이 둥실거리는 듯한 감각이 느껴졌다. 바짝 곤두섰던 신경도 진정되었다. 그 조그만 알약의 힘에 두려움을 느꼈지만, 오랜만에 차분해져서 안도했다.

회사까지는 전철로 30분. 출근 시간대보다 전철이 비어 있었다. 다행이다 싶어 올라탔는데, 문이 닫히는 순간 이상한 예감이 들었다.

아니야, 괜히 그런 거야. 스멀스멀 기어오르는 불안감을 짓누른다. 의사는 전철이나 치과 등, 자유롭지 못한 장소에서 발작을 일으키기 쉽다고 했는데, 나는 그런 장소를 싫어하지 않는다. 전철이 무서웠던 적도 없고, 아무리 사람이 많이 탔어도 괜찮았다. 속으로 그렇게 중얼거리는데, 온몸에서 땀이 솟았다. 회사가 있는 역까지는 앞으로 다섯 정거장. 약도 먹었으니, 괜찮다. 나는 문에 기대어 서서 몇 번이나 심호흡을 했다. 이제 네 정거장. 역에 도착해 문이 열릴 때마다 숨을 크게 들이쉬었다. 의사는 공황발작으로 죽는 일은 없다고 했다. 검사 결과도 아무 이상 없었다. 그냥 뇌의 오작동에 따른 발작이다. 공황장애에 관한 안내문의 내용과 의사가 한 말을 머릿속으로 되뇌면서 창밖을 본다. 앞으로 한 정거장. 견디면 된다. 이 이상 회사를 쉴 수는 없다. 여기서 쓰러질 수 없다. 나는 주먹을 꽉 쥐고 멀어져 가는 의식의 끈을 단단히 붙잡았다.

그 후에는 도보로 5분 정도. 밖에서 걷는 게 훨씬 나았지만, 회사에 도착했을 때는 거의 휘청거리고 있었다. 누가 봐도 일할 수 있는 상태가 아니었을 것이다.

모두가 "괜찮아?" "아직 회복된 것 같지 않은데 무리하지 말라고" 하며 염려해 주었다.

"아니, 괜찮습니다. 죄송합니다, 이틀 넘게 쉬어서."

그렇게 대답하는데 약의 부작용인지 갑자기 구역질이 올라오고 현기증이 나면서 잠까지 쏟아졌다.

"쉬엄쉬엄하면 되지, 뭐."

직속 상사인 쓰지모토 과장의 말에 머리 숙이고 내 자리에 앉는 순간, 역시 안 되겠다는 생각이 들었다.

지난 일요일 라면을 먹었을 때처럼, 손끝에서 힘이 빠져나가는 듯한 무기력한 느낌이 스멀스멀 밀려왔다. 수많은 사람, 끊이지 않는 소음, 닫힌 창문. 나는 무의식적으로 출구를 확인했다. 대체 어떻게 된 거야. 갇힌 것도 아닌데. 밖으로 나가고 싶으면 나가면 된다. 잘 알고 있는데, 마음속에서 살려 달라고 외치는 소리가 들리고, 가만히 앉아 있기가 힘들다. 틀렸다. 나는 아무것도 할 수 없다. 내가 걸린 병은 내가 상상했던 것보다 훨씬 중증이다.

다시 알프라졸람을 먹고, "쉬는 게 좋지 않겠어?" 하는 소리를 몇 번이나 들으면서 지냈다. 약 때문인지, 발작 때문인지, 머리가 멍해서 무슨 일을 어떻게 했는지 정확하게 기억하지 못한다.

퇴근을 하고 전철을 탔다. 정말 거의 기다시피 하며 집에 들어서자마자 그대로 침대에 쓰러졌다.

이제 밖에 나갈 수 없다. 전철도 탈 수 없고 회사에도 갈 수 없다. 그날 하루를 보내고 내린 결론은 그랬다. 뭐가 어떻게 잘못된 걸까. 지난주까지 아무 탈 없이, 아무 생각 없이 잘 지냈다. 취직한 지 반년, 일에 보람도 느꼈다. 봄에 받은 건강검진 결과도 양호했다. 그런데 대체 내 몸이 어떻게 된 것일까. 나는 더없이 건강하고, 밖에도 나가고 싶고, 일도 하고 싶다. 성격도 밝고 낙관적이라고 나 자신은 생각한다. 그런데, 뭐 때문에 내 몸이 엉뚱한 방향으로 가 버린 것일까.

다음 날 아침, 눈을 뜨자마자 정신건강의학과로 달려갔다. 예약은 하지 않았지만, 약이 별 효과가 없다, 너무 힘들다, 지금 이 상태를 어떻게든 하고 싶다. 그렇게 간곡하게 말하자, 간호사가 진료실로 안내해 주었다.

"항우울제는 효과가 나타나는 데 보통 2주일에서 한 달은 걸려요. 그때까지 항불안제로 견뎌 봅시다."

의사는 그렇게 말했다.

"알프라졸람 용량을 늘리고, 음. 항우울제는 졸로프트보다 팍실이 잘 들을 수도 있겠군."

"무슨 말씀인지……."

"그렇게 심각해지지 않는 게 좋아요. 공황장애는 10년 20년 걸려서 낫는 사람도 많습니다. 초조하게 굴지 말고, 병과 사이좋게 같이 살아간다 여기고 지내는 게 중요합니다."

의사는 그렇게 말했다.

10년? 20년? 이 나이에? 체력도 기력도 가장 왕성한 20대가 고스란히 물거품이 된다는 말인가. 10년이나 이런 상태가 계속된다면 도저히 버틸 수 없을 것이다. 나는 절망적인 기분이 들었다. 지푸라기라도 잡는 심정으로 병원을 찾았는데, 약의 종류가 바뀌고 용량이 늘었을 뿐이었다.

진료를 받고서 회사에 가려고 역으로 향했는데, 회사에 가는 것도, 전철을 타는 것도, 어제보다 한층 힘들었다. 내일도 마찬가지일 것이다. 원인도 이유도 없다. 그런데 나는 며칠 전의 나와는 전혀 다른 사람이 되고 말았다. 치유될 가능성도 전혀 없다. 이 이상 회사에 폐를 끼치지 않으려면 그만두는 길밖에 없다. 좋아하는 직장이라 더욱이 그런 생각이 들었다.

집에 돌아가자 회사에 전화를 걸어, 몸 상태가 생각만큼 좋아지지 않아 일을 계속할 수 없겠다고 쓰지모토 과장에게 전했다.

"그렇게 안 좋은 거야?"

쓰지모토 과장은 나의 건강 상태를 걱정해 주었다.

공황장애. 왠지 솔직하게 말할 수 없었다. 나약한 인간이라고 여겨질 수도 있고, 힘든 일이 있으면 기탄없이 말하라고 할 것 같았다. 나 역시 심인성이라 하면 스트레스가 심하고 정신력이 약한 사람이나 걸리는 병이라고 생각했다. 나보다 스무 살이나 많은 쓰지모토 과장이 공황장애에 관한 지식이 있을 리도 없다.

"무슨 병인데 그래?"

쓰지모토 과장이 물었다. 당연한 질문이다.

"그게, 아직 잘 모릅니다. 그런데…… 움직이는 것조차 마음 같지 않아요."

뭐라 설명하면 좋을지 몰라 두루뭉술하게 대답했다.

"휴가를 내면 되잖나. 한 달 정도 푹 쉬라고. 굳이 그만둘 거까지야 없지."

쓰지모토 과장이 제안했다. 그러나 당분간 휴직을 한들, 복귀할 수 있다는 보장이 없다. 지금 통화하는 중에도 몸을 버들버들 떨고 있다. 식은땀도 흐르고 숨도 가쁘다. 사직을 만류하려는 쓰지모토 과장의 마음 씀씀이와 건강을 염려해주는 배려에도 고마움을 느낄 여유조차 없었다.

"알겠어. 지금은 더 이상 묻지 않지만, 언제든 돌아오라고."

쓰지모토 과장은 나의 상황을 헤아렸는지, 사직 절차를 우편으로 밟을 수 있도록 인사부로 전화를 돌려주었다.

쓰지모토 과장은 사소한 일에 연연하지 않는 대담한 사람이다. 일은 잘하는데, 깜박하고 서류에 날짜를 기입하지 않거나 우편물에 이름을 쓰지 않는 정도의 작은 실수는 누구나 한다. 그런데 신입사원들에게 그렇게 작은 실수를 추궁하는 상사가 적지 않았다. 그러나 쓰지모토 과장은 품이 넉넉한 사람이라, 막 입사한 우리 신입의 의견에도 "그거 좋은데" "한번 해보자고" 하면서 격려하고 성원해 주었다. 게다가 실수를 하겠다 싶으면 앞서 보완해 주고, 그래서 일이 잘 풀려도 자신은 전혀 무관한 사람인 양 "대단한데" 하며 칭찬해 주었다. 나는 그런 쓰지모토 과장을 무척 좋아했다.

겨우 반년이지만, 신세 진 회사에도 인사하러 가지 못한다. 전화를 끊는 순간, 눈물이 쏟아졌다.

* * *

"혼자 가도 괜찮아요. 집도 가깝고."

회사에서 나온 나는 잠시 걸어가다가 그렇게 말했다.

"그래도 일단 집 앞까지 같이 갈게요."

후지사와 씨는 그렇게 말하면서 계속 걷는다.

후지사와 씨가 건네준 약 덕분에 발작은 진정되었는데, 구리타 사장은 "가는 도중에 또 쓰러지면 안 되지" 하면서 집까지 차로 데려다주겠노라고 고집을 부렸다. 하지만 남의 차에 타는 것도 견디기 어렵다. 혼자 천천히 걸어가는 편이 훨씬 마음 편하다.

"차별미를 할 것 같아서."

그렇게 거절했는데도, 혼자 가다가 무슨 일이라도 생기면 안 된다고 후지사와 씨가 집까지 바래다주게 되었다.

"야마조에 씨, 회사에 걸어 다녔군요."

"네."

"가방, 내가 들어 줄까요?"

"아니요, 괜찮습니다."

후지사와 씨의 말에 나는 적당히 대답했다. 머리가 띵해서 누가 되었든 제대로 상대할 수 있을 것 같지 않다.

"편의점에 들러서 간단한 먹을거리나 음료수 사 갈래요?"

"괜찮아요."

회사에서 집까지 15분. 역을 지나 상점가를 거쳐 조금 더 걸어가면 집이다. 역이 보였다.

"후지사와 씨, 전철 타고 가죠? 이만 여기서."

고개를 숙이면서 말했다.

"괜찮겠어요?"

"네. 좀 어지러웠을 뿐입니다. 지금은 아무렇지 않아요."

약 기운이 돌아서 지금은 어지럽지 않다. 그리고 무엇보다 혼자 있고 싶었다. 누가 옆에 있으면 긴장해서 또 발작을 일으킬 수도 있다.

"알았어요. 그럼 조심히 가요."

"고맙습니다."

"내일 봐요."

후지사와 씨가 몸을 돌려 걸어갔다.

겨우, 해방되었다. 혼자가 되고서야 안도한다. 빨리 집에
가서 좀 눕자. 심장이 뛰지 않도록, 나는 천천히 걸었다.

공황장애 진단을 받은 지 2년. 다양한 약을 복용해 본 덕
분에, 발작 횟수도 강도도 매일의 불안감도 꽤나 줄었다. 그
런데도 간혹 이렇게 불쑥 발작이 찾아온다. 항불안제와 항
우울제를 최대 용량으로 복용하고 있는 지금, 회사에서도
근근이 일하고 있다. 더는 방법이 없다. 공황장애와 사이좋
게 살아가는 수밖에 없다고 생각하다가, 얼핏 다른 생각이
떠올랐다.

후지사와 씨는 쓰러진 내 손에 주저 없이 알프라졸람을
쥐어 주었다. 내가 흘린 약을 주웠을 텐데, 어떻게 내 약이
라는 것을 알았을까. 혹시 다른 병에 먹는 약일 수도 있다고
생각했다면 겁나지 않았을까. 그런 생각을 하면서 마지막
계단을 오른다. 지은 지 40년도 넘었을 낡은 건물에다 내 방

은 햇볕도 잘 들지 않는다. 회사에 걸어 다닐 수 있고 월세가 싸다는 장점밖에 없다. 예전 회사를 그만둔 후에는 학창 시절에 아르바이트로 모은 돈과 반년 동안의 직장 생활에서 번 돈으로 생활할 수밖에 없어서, 월세가 싼 곳으로 집을 옮겼다. 사람을 집에 부를 일도 없으니, 그저 잠만 잘 수 있으면 족했다. 지금의 내게는 딱 좋은 집이다.

현관 앞에 서서 새삼스레 안도한다. 오늘도 그럭저럭 무사히 집에 돌아왔다. 오늘 하루, 자는 일만 남았다. 하루를 무사히 지낸 것만으로도 만족한다.

가방에서 열쇠를 꺼내고 있는데 뒤에서,

"이거."

하는 소리가 들렸다. 돌아보니 후지사와 씨가 서 있었다.

"편의점에서 샀어요. 이온음료랑 탄산음료, 그리고 주먹밥 몇 개."

"아⋯⋯."

"혼자 걷고 싶어 하는 같아서. 집에 갔다가 다시 나오는 것도 귀찮을 것 같고⋯⋯. 괜한 간섭이겠지만."

후지사와 씨가 편의점 봉지를 내밀었다.

"집을 용케 알았네요."

"야마조에 씨는 천천히 걸으니까, 편의점 나와서도 바로 뒤쫓을 수 있었어요."

집에 가려는 생각밖에 없어서, 뒤에 후지사와 씨가 있다는 걸 전혀 알아차리지 못했다.

"그랬군요……. 죄송합니다. 돈, 드릴게요."

"괜찮아요. 그냥 적당히 산 거니까. 그럼, 내일."

"저, 후지사와 씨."

나는 돌아가려는 후지사와 씨를 불러 세웠다.

"네?"

"그 약, 어떻게 내 약이라는 걸 알았어요?"

"그 약?"

"회사에서 건네준."

빨리 집 안으로 들어가고 싶었지만, 동시에 궁금한 점도 풀고 싶었다. 해소되지 않은 일이 있는 것도 공황장애에 좋지 않다.

"아. 화장실에서 주웠는데, 사무실에 돌아오니까 야마조에 씨가 거의 쓰러지다시피 하면서 가방을 뒤지고 있어서, 약을 찾는 건가 했어요."

만약 다른 약이라면 큰일이라는 생각은 없었을까. 이 사람, 전직이 의료 관계였을까.

"그 약, 나도 복용한 적이 있어서."

의문을 품는 내 눈치를 알았는지, 후지사와 씨가 덧붙였다.

"복용한 적이 있다고요?"

"알프라졸람이잖아요. 몇 년 전에 한 번. 아, 나는 공황장애는 아니에요."

후지사와 씨의 말에 나는 숨이 막혔다. 나는 공황장애가 아니라는 말은, 그렇다면 누가 공황장애라는 건가? 설마 내 병을 눈치챈 것일까. 내가 공황장애를 앓고 있다는 거, 알고 있었는지 확인하고 싶었지만, 그러면 내가 그렇다는 걸 인정하는 꼴이 된다. 공황장애가 있다는 걸 공개하면 안심이 되어서 발작도 줄어듭니다. 의사는 그렇게 말했지만, 과연 그럴까.

공황장애라는 걸 처음 알린 상대는, 그 당시에 사귀던 지히로였다. 스스로의 증상에 놀란 나 이상으로 그녀 역시 믿지 못하는 눈치였다.

"어떻게. 건강하게 잘 지냈잖아. 게다가 고민도 잘 안 하고."

지히로는 그렇게 말하고는 몇 번이나 다른 제안을 했다.

"의사가 너무 적당히 결론을 내린 거 아냐? 큰 병원에 가서 다시 검사받아 보자. 다른 병이 있는데 놓친 거면, 그게 더 무섭잖아."

그러나 전철도 타지 못하는 내가 종합병원에서 차례를 기다리고, 하물며 MRI 기계에 들어가는 게 가능할 리가 없어, 그 제안에 고개를 끄덕일 수 없었다. 그렇다 보니 지히로가 "병에 대해서 좀 더 진지하게 생각해 봐"라거나 "정말 이대로 그냥 지낼 거야?" 하고 짜증스럽게 말하는 일도 있었다.

물론 그녀도 공황장애에 대해 이해하려고 애썼다. 그래도 결국은 견디기 힘들었을 것이라고 생각한다. 병은 병이지만 겉은 멀쩡해 보인다. 일도 하지 않고 집에만 틀어박혀 있는 내게 사태를 해결할 의지가 없게 보였을 테고, 앞날을 기약할 수 없는 나날이 버거웠을 것이다.

"정말 이제 원래 상태로 돌아갈 수 없는 거야?"

지히로는 몇 번이나 그렇게 묻고는, 자기는 할 수 있는 일이 아무것도 없다면서 낙담했다. 예전의 나로 돌아갈 수 없는 이상, 누구와 사귈 수도 없었다. 공황장애 진단을 받은 지 반년 남짓 지나, 우리의 관계는 끝났다.

학창 시절에 친하게 지냈던 아오키에게 전화를 걸어 바

비큐 파티 참석을 취소할 때는,

"나, 공황장애라는 진단을 받아서."

하고 별일 아닌 것처럼 가볍게 말했다. "설마, 네 녀석이?" 하고 웃을 줄 알았는데, 반응이 좀 달랐다.

"아, 그렇구나. 너, 우리가 모이면 늘 재미있게 하느라 애썼지. 누구와든 잘 지내고, 주변 사람들을 배려하고 말이야. 그렇게 무리할 거 없는데, 언젠가 그 피로감이 터지지 않을까 걱정했어. 한동안 쉬라는 신의 말씀이야."

아오키는 그렇게 말했지만, 나는 무리한 기억이 없었다. 모두와 사이좋게 지낸 것도, 모인 자리를 재미있게 한 것도, 다 내가 좋아서 한 일이었다. 친구들과 있으면 즐거웠고, 딱히 배려를 한 것도 아니었다. 그러나 그렇게 부정한다고 뭐가 어떻게 바뀌는 것도 아니다.

"고맙다. 미안하고."

그리고 전화를 끊을 수밖에 없었다.

그 후로 잘 지내느냐고 묻는 문자가 자주 왔다. '잘 지낸다'고 답했다가, 어딜 같이 가자고 하면 난처하다. 그렇다고 '힘들다'고 답하는 것도 좀 아닌 듯하다. 뭐라고 답해야 하나 고민한 끝에 답신을 보내지 못한 채 시간만 흘렀다. 그러자 몇 달에 한 번으로 문자가 줄었다. 다른 친구들도 마찬가지였다. 뭘 하자, 어딜 가자 하는 연락에 대답을 않았더니 연락하는 횟수가 점차 줄었다. 그러고는 어쩌다 한 번 안부 정도 묻는 문자가 왔다. 북적북적하던 내 주변이 1년도 채 지나지 않아 한산해졌다. 공황장애와 조금은 친해져서 지금 회사에 취직했고, 내 나름의 생활도 되찾았다. 그러나 2년 이상이나 연락하지 않았다. 지금 와서 부담 없이 연락할 수 있는 친구는 없었다.

간혹 고독이 밀려오는 순간이 있다. 얘기하고 싶다. 생각은 그렇지만, 상대가 없다. 나는 이렇게 혼자 있을 수밖에 없는 것일까. 앞으로도 내내 타인과 친밀한 관계를 가질 수 없는 것일까. 그런 생각을 하면 우울했다. 아니, 그런 감상적인 말을 할 처지가 아니다. 누군가와 함께 있으면, 갑자기 발작을 일으키면 어쩌나 하는 긴장감이 따른다. 벌써 몇 번이나 경험했지만, 발작은 여전히 무섭다. 혼자 있어서 평온할 수 있다면 그것으로 족하다. 공황장애를 앓는 이상 어쩔 수 없다고 포기하는 도리밖에 없었다.

공황장애가 있다는 건 지히로와 아오키에게만 털어놓았다. 부모님도 아직 모른다. 더없이 명랑 쾌활하던 아들이 그런 정체 모를 병에 걸렸다는 걸 알면 가슴만 아플 뿐이다.

공황장애라는 병에 대해서 지금은 그래도 많이 알려져 있다. 그러나 여전히 오해가 남아 있다. 그리 친하지도 않은 후지사와 씨에게 알릴 수 있는 병이 아니다.

"나는 PMS 때문에 먹었어요."

아무것도 묻지 않았는데, 후지사와 씨는 말했다.

"PMS……. 아아, 그거……."

공황장애 진단을 받은 후, 검색을 하면서 유사한 증상의 병에 대해서 다양한 정보를 보았다. 보면 볼수록 심리적으로 힘들 것 같은데도, 틈만 나면 공황장애 사이트를 들여다보았다.

PMS. 알파벳으로 쓰어 있으면 뭔지 알 수 없지만, 생리 전에 정신적으로 혼란해지는 상태를 뜻한다.

"생리전증후군이라고 하나요?"

"맞아요. 남자에게 생리 얘기를 하자니 뭐 해서 영어로 말했는데."

후지사와 씨가 웃으면서 말했다. 그리고,

"우리, 적당히 힘내요. 그럼."

하며 손을 살짝 들었다.

"우리?"

우리라고? 이 사람은 PMS와 죽겠다 싶을 정도로 힘겨운 공황장애를 동급으로 보는 건가.

"피차, 힘들어지지 않을 정도로만 힘내자고요. 앗, 내가 또 괜한 말을 했나."

"괜한 말은 아니지만, 좀 다르지 않나 해서……."

한마디 하지 않을 수 없어, 나는 그렇게 말했다.

"다르다고요?"

"PMS와 공황장애는, 힘들고 괴로운 정도나 그에 따르는 여러 가지가 좀 다르니까. 그냥 생각나서 한 말이에요."

"그렇구나. 병에도 등급이 있었네. PMS는 한참 저 아래라는 뜻인가."

후지사와 씨는 장난스럽게 말하더니 "그럼, 내일" 하고는 몸을 돌렸다.

방에 들어가 가방을 내려놓자마자, 나는 그대로 바닥에 주저앉았다. 공황발작은 30분 정도 지속되다가 진정되고 나면 아무 일 없었던 것처럼 꼬리를 감추는 듯한데, 내 경우는 한동안 몸이 나른했다.

후지사와 씨가 건네준 봉지에서 탄산음료를 꺼낸다. 알코올과 카페인은 좋지 않다고 해서 바로 끊었다. 탄산음료도 줄이는 편이 좋다는 말을 들었지만, 이거 하나는 끊을 수 없었다. 시원한 액체가 목을 타고 내려가는 사이에 몸이 제자리를 찾는다. 탄산의 힘이 불안정하게 기운 몸을 똑바로 돌려놓는 듯한 기분이다. 민트 사탕이나 껌, 그리고 탄산. 그런 자극적인 것이 들어가면 두둥실 뜨는 몸이 가라앉는 것 같아 자주 이용했다.

아, 그러고 보니까 그 사람, 페트병 뚜껑 여는 소리에 갑자기 화를 냈더랬지. 조금 전의 일이 떠올라 피식 웃음을 머금는다. 그렇게 화를 버럭 내다니, 신경질적이라 여겼는데 PMS였구나.

그렇게 생각하자 동시에 "병에도 등급이 있었네" 하던 후지사와 씨의 말이 떠올랐다. 내가 나도 모르게 병을 내세워 거들먹거린 건가. 설마. 하지만 사실이 그러니 어쩔 수 없다. 당연히 PMS보다 공황장애가 힘겹다. 아니지, 과연, 정말 그럴까. 나는 PMS는커녕 생리에 대해서도 잘 모른다. 실제로는 내가 아는 것보다 훨씬 힘들지도 모른다. 아아, 그만 생각하자. 나와는 상관없는 일이다.

나는 머릿속에서 시끌시끌 퍼지려는 생각을 떨쳐 내듯 탄산음료를 단숨에 들이켰다.

　거의 움직이지 않는데도, 밤이 되면 몸이 축 늘어진다. 아무튼 자자. 에틸로플라제페이트와 팍실. 나는 약을 먹고 늘 깔려 있는 이부자리에 들었다.

3

그
여
자

5년 전에 산부인과에서 처방받은 약을 조사해 본 적이 있다. 그때 알프라졸람을 복용하는 증상으로 PMS 외에 우울증이나 공황장애가 있다는 것을 알았다. 공황장애가 어떤 병인지 인터넷 검색을 통해 알고 있었다.

그런데 발작 증세를 보인 야마조에 씨를 직접 보기 전까지는 그가 공황장애라는 것을 전혀 몰랐다.

종종 사탕을 먹고 껌을 씹는 것은 마음을 진정하기 위해서였는지도 모른다. 또 지각이 잦은 것도 몸이 마음대로 움직여 주지 않아서였는지 모른다. 안색도 늘 좋지 않았는데, 왜 나는 그를 의욕 없는 인간이라고 쉽게 단정 지으려 했던 것일까.

생리는 병이 아니다.

그렇게 생각하는 사람이 많다. 생리를 이유로 쉬면, 같은 여자인데도 염치없다는 소리를 듣는다. PMS가 병의 범주 안에 있는지 어떤지는 잘 모르고, 동정이나 걱정도 원치 않는다. 그래도 기분 문제는 절대 아니다. 몸이 도저히 생각대로 움직여지지 않는다. 아무리 노력해도, 자기감정을 스스로 통제할 수 없다. 고칠 수 있다면 뭐든 할 것이다. 예전에 나는 어떻게 하면 주변 사람들이 알아줄지 고민했다. 그런데 내가 아닌 사람의 병에 대해서는, 임신이나 생리를 코웃음 치는 남자들마냥 이렇게 무지하다니.

PMS 때문이기는 하지만, 탄산음료를 마신다고 그렇게 요란을 떨었으니 야마조에 씨는 불합리하다고 생각했을 것이다.

발작 증세로 웅크리고 있는 야마조에 씨는 정말 죽을 것처럼 보였다. 다른 사람들은 그가 공황장애라는 걸 모르지 않을까. 그는 자기 병에 대해서 아무에게도 얘기하지 않았을 수도 있다. 그 칙칙한 안색과 길게 자란 너저분한 머리와 맥없는 목소리. 나는 어쩌면 그가 공황장애라는 걸 아는 몇 안 되는 사람일지도 모른다.

아무것도 모르면서 그 법석을 부린 미안함인지, 비슷한 문제를 안고 있다는 동지 의식인지, 동력이 뭔지는 모르겠지만 아무튼 안 이상은 가만히 있을 수 없었다.

* * *

"웬일이에요?"

토요일, 아파트 벨을 누르자 야마조에 씨가 얼굴을 내밀었다. 늘 표정 없던 얼굴에 나름 놀란 기색이 어려 있다.

"안녕! 혹시 자고 있었어요?"

"아니요. 깨어 있었는데요. 벌써 점심때가 지났잖아요."

후줄근한 트레이너 차림에 머리칼은 푸석푸석하다.

"그러네. 하긴."

"그런데, 무슨 일이죠?"

"아니, 그 머리 스타일, 좀 심하다고 계속 생각했거든요."

"머리 스타일?"

"지난달에 야마조에 씨가 입사했을 때부터 다들 그렇게 생각했는데, 지금은 더 자라서 봐주기가 힘들다고 할까······."

"쉬는 날에 그런 말을 하러 일부러?"

야마조에 씨가 눈살을 찌푸렸다. 기운 없는 얼굴이 한층 무거워진다.

"그래서, 괜찮다고 하면 잘라 줄까 싶어서."

"뭘요?"

"야마조에 씨 머리."

내가 가방에서 이발용 가위를 꺼내 보이자, 야마조에 씨는 한층 더 눈살을 찌푸렸다.

"무슨 말을 하는 건지 전혀 모르겠는데."

"머리가 많이 자랐으니까 내가 잘라 주겠다, 그거죠. 아무튼 들어가도 될까요?"

12월이 머지않은 날, 밖은 춥다. 내가 몸을 움츠리자,

"후지사와 씨, 상당히 무서운데요."

야마조에 씨는 그렇게 말하면서도 집 안으로 들여 주었다.

집 안도 바깥 못지않게 낡았다. 작은 방 하나에 손바닥만 한 부엌. 살풍경한 공간이었다.

"실례합니다."

"누추하지만······."

"전혀. 상관없어요."

이부자리가 바닥에 깔려 있지만, 물건이 없어 그런지 나름 정리는 되어 있었다.

"차라도 끓일까요? 아, 차가 없네. 그럼 물이라도."

부엌에서 야마조에 씨가 말하는데, 나는 고개를 저었다.

"신경 쓰지 마요. 머리 잘라 주러 왔을 뿐이니까. 자르면 바로 갈 거고."

가방에서 빗과 케이프를 꺼내는 나를, 야마조에 씨는 멀거니 서서 쳐다보았다. 어깨까지 자라서 원래 스타일이 어땠는지 알 수 없는 머리. 멋과도 거리가 멀고, 무엇보다 지저분해 보인다.

"후지사와 씨, 전에 미용사였나요?"

멀거니 서 있던 야마조에 씨가 불쑥 물었다.

"미용사?"

"지금 회사에 다니기 전에요."

"아닌데."

전에는 화학제품회사에 다녔다. 그다음에는 슈퍼마켓과 패밀리레스토랑에서 아르바이트를 했고. 미용실에는 손님으로 간 적밖에 없다.

"그런데 왜?"

"왜라니?"

"왜 머리를, 그것도 남의 머리를 자르는데요?"

"야마조에 씨, 머리가 많이 길었잖아요. 그게, 음, 빈말이라도 멋지다고는 할 수 없어서. 자르면 산뜻해질까 싶어서."

어젯밤, 공황장애에 대해서 정보를 검색하다 미용실과 치과가 최고의 난적이라는 기사를 읽었다. 가만히 앉아서 상대의 작업에 몸을 맡기려면 엄청난 긴장감을 견뎌 내야 한다고. 그래서 야마조에 씨의 머리가 그렇게 너저분한 거였다. 나는 어렸을 때부터 손재주가 좀 있는 편이다. 남의 머리를 잘라 본 적은 없지만, 그렇게 어려운 일은 아닐 것이다.

야마조에 씨의 머리를 잘라 주자. 그런 생각이 떠오른 순간, 나는 무척이나 좋은 아이디어 같아서 가슴이 설렜다. 그래서 이발용 가위와 케이프까지 사 들고 온 것이다.

"후딱 잘라 줄게요. 자르는 동안에 마음대로 몸을 움직여도 괜찮고. 아, 그리고 탄산음료도 마시고, 껌도 씹고 싶으면 씹고."

"여긴 내 집이니까, 아마 발작은 없을 겁니다."

"아, 그렇네. 그럼, 음."

돌아보아도 의자는 없다. 야마조에 씨의 집에 있는 것은 이부자리와 낮은 밥상뿐이다.

"그냥 바닥에 앉는 수밖에 없겠네. 이제, 시작할까요?"

내가 이부자리를 한쪽으로 밀어놓고 밥상에 가위와 케이프와 빗을 늘어놓자,

"머리 자르겠다는 말, 아직 안 했는데요."

하고 야마조에 씨가 말했다.

"이렇게 많이 자랐는데?"

"네. 괜찮습니다."

"아, 참. 이발료 안 받을 테니까, 사양 마요."

"당연하죠. 후지사와 씨는 미용사도 아닌데."

"그럼, 뭘 걱정하는데? 자기 집에서 공짜로 머리를 자를 수 있잖아요. 이득 아닌가."

"뭐가요?"

"미용실에 가서 자르려면 예약도 해야 하지, 예약한 시간에 늦지 않게 미용실도 가야 하지. 케이프도 여러 겹 걸쳐야 하지. 알지도 못하는 미용사가 뒤에 줄곧 서 있지. 그것도 편할 것 같으면서 편하지 않은 의자에 앉아서. 거울이 비친 자기 모습도 봐야 하고. 그런 시간이 계속되는 거에 비하면

천국이죠, 나한테 머리 자르는 게."

야마조에 씨는 "정말 어이가 없네……" 하고 중얼거리면서도 내 주장을 듣고 있다가 마지막에는 고개를 끄덕였다.

"정말 그럴지도 모르겠네요."

"그럼, 결정. 결정했으니까 빨리해요."

나는 밥상 앞에 야마조에 씨를 앉으라 하고, 그 뒤에 무릎을 꿇고 앉았다. 순간, 방에 남자와 단둘이 있다고 생각했지만, 야마조에 씨는 패기가 조금도 없어서 그냥 껍데기나 다름없으니까 두려움도 긴장감도 아무것도 없었다.

"음, 어떤 스타일이 좋아요?"

빗으로 머리를 빗으면서 묻자, 야마조에 씨는 "뭐든 상관없어요" 하고 대답했다.

"뭐든 상관없다니, 전에는 어떤 스타일이었는데?"

야마조에 씨의 머리칼이 하늘하늘 부드럽다. 미용실에 가서 자르면 꽤 괜찮은 스타일이 나올 듯하다.

"역 앞에 있는 일레븐커트에 가서, 이상하지 않을 정도로 대충 짧게 잘라 달라고 하는데요. 그러면, 한동안 머리를 자르지 않아도 되니까."

"알았어요. 그럼 적당히 자를게요."

일레븐커트. 가 본 적은 없지만, 싸게 빨리 머리를 잘라 주는 가게라는 건 알고 있다. 아무튼 스타일에는 별 관심이 없는 듯하다. 내가 과감하게 가위질을 하자,

"의외로 많이 자르네요."

놀란 말투였다.

"응. 걱정 마요. 먼저 싹둑 자르고 나중에 정리할 거니까."

"호오……."

하면서 고개를 끄덕이고는 뒤를 돌아보았다.

"앗, 위험하지. 왜 그러는데?"

"아니, 그 후지사와 씨 맞나 해서요."

"그 후지사와 씨?"

"후지사와 씨, 회사에서 얌전하고 주변 사람들도 많이 배려하잖아요? 남의 집에 갑자기 쳐들어와서 머리 자르자고 할 사람 같지 않았는데, 다른 사람 아닌가 하고. 하기야, 어떤 사람이든 남의 머리는 자르지 않지만."

"그런가."

"후지사와 씨, 의외로 대담하군요."

"대담?"

소심하고 얌전하다. 나는 어렸을 때부터 그런 소리밖에

못 들었다. 대담하다는 말은 나와는 거리가 멀다고 생각했다. 그저 머리를 잘라 주려는 생각뿐, 별다른 뜻 없이 왔는데, 이 상황은 아닌 게 아니라 충분히 대담하다. 나를 그렇게 생각해 주는 사람도 있다니. 그렇게 생각하자 기분이 좋았다.

"그럼, 마음 놓고 자를게요."

"네에……."

귀밑 선에 맞춰 옆머리를 가지런히 자른다. 그 선에 맞춰 뒷머리도 자른다. 머리칼이 가위에서 자꾸 빠져나가 자르기가 힘들다. 나는 왼손으로 머리칼을 잡아당기면서 자르기로 했다.

"후지사와 씨, 미용사 되고 싶었네요. 그런데 영 다른 직종에 취직했어요."

야마조에 씨가 꼼짝도 않은 채 말했다.

"미용사?"

"지금은 아니지만, 되고 싶었죠? 미용사."

"아니, 전혀."

계속하다가는 어깨가 뭉칠 것 같은 이런 일, 내가 할 수 있을 리 없다.

"미용사도 아니고, 미용사가 되고 싶었던 것도 아닌데, 머리를 자르고 있다……. 가위랑 케이프는 뭐예요?"

자기 집이라 편해 그런지, 야마조에 씨의 목소리가 평소보다 차분했다.

"100엔 균일 가게에서 샀죠. 정말 온갖 걸 다 팔던데."

"후지사와 씨, 진짜 이상한 사람이네요."

"그런가."

대답을 하면서, 나는 초조해졌다. 머리쯤 간단히 자를 수 있을 줄 알았는데, 영 마음처럼 잘리지 않는다.

"후지사와 씨, 괜찮아요?"

"아마……. 앞머리 먼저 자르고 다듬을까 봐."

"아, 네……."

어쩌다 보니 귀보다 몇 센티미터나 위로 올라간 뒷머리와 옆머리가 너무 짧아서인지, 머리에 뚜껑을 씌운 것처럼 웃기다. 전체의 밸런스가 좋지 않은 탓인가 싶어 앞머리를 눈썹까지만 오게 잘랐는데도 머릿속으로 상상한 스타일이 아니다.

"참 이상하네……."

"후지사와 씨, 거울 한번 보고 와도 돼요?"

"아니, 기다려요. 한 번 더 기회를……."

"기회요? 그럼, 영 아니라는 소린가?"

"그런 건 아니에요. 헤어스타일은 자유니까."

"거울 보고 올게요."

야마조에 씨는 그렇게 말하고 화장실에 갔다.

큰일이다. 정말 머리쯤 쉽게 자를 수 있다고 생각했는데, 진짜 어렵다. 야마조에 씨의 지금 머리 스타일은 도저히 멋지다고 할 수 없다. 너무 심해서 충격을 받았는지, 야마조에 씨가 돌아오지 않는다.

"괜찮아요?"

화장실을 향해 말해 보았지만 대답이 없다. 뭐야, 뭐야? 머리 스타일에 놀라서 발작을 일으켰나? 틀림없다.

"야마조에 씨, 약 어디야?"

나는 부엌에서 물을 따르면서 물었다.

"아니…… 후지사와 씨……."

어깨가 축 늘어져 화장실에서 나온 야마조에 씨는 그대로 흐물흐물 바닥에 주저앉았다.

"정신 차려요. 진정해. 여기 물, 물 마셔요."

내가 컵을 내밀자,

"안 돼요, 안 돼…… 물 마시면, 뿜을 거라서."

야마조에 씨가 어깨를 심하게 떨었다.

"왜 그러는데? 약 먹어야 하는 거…….'

"그런 게 아니라…….'

"그런 게 아니라?"

"아니, 이거, 너무 이상해서."

"응. 너무 이상해서 힘들어진 거죠? 미안해요. 어떻게 해 볼게…….'

나는 배를 잡고 웅크리는 야마조에 씨의 등을 손바닥으로 쓸어 주었다.

"아니요, 그런 게 아니라."

야마조에 씨가 몸을 심하게 흔든다. 과호흡이다.

"비닐봉지였나?"

"그러니까, 그런 게 아니라…… 나, 2년 만에."

"2년 만에 어쨌다는 건데?"

"2년 만에 웃었다……고요. 너무 오랜만이라 명치가 아파 서…….'

야마조에 씨는 얼굴을 들자, 옆구리를 누르고 컥컥거리면 서 웃었다.

"화장실에서 무슨 재미있는 일이라도?"

"아니…… 이 머리 스타일이요. 이런 스타일…… 본 적 있어요?"

야마조에 씨는 웃음이 그치지 않는지, 말을 더듬더듬한다.

"글쎄…… 본 적이 있는 것 같기도 하고, 없는 것 같기도 하고."

"앞뒤가 다 똑바르잖아요. 이건 어디로 보나 목각 인형이죠."

"아, 듣고 보니."

아닌 게 아니라 귀와 눈썹 위에서 옆으로 똑바로 잘린 머리 스타일이 목각 인형과 똑같다.

"이 스타일로 어떻게 회사원이랄 수 있어요. 길 가다 경찰에게 잡힐 것 같아요. 우주와 교신한다는 둥, 그런 소리나 하는 위험한 사람 같다고요."

"미안해요……. 잘 자를 수 있다고 생각했는데. 어떻게든 고쳐 볼게요."

야마조에 씨는 아직도 웃고 있다. 저렇게 웃음 터지는 스타일이 되었다니. 쉽게 자를 수 있다고 생각한 자신이 부끄러워 나는 고개를 숙이고 말았다.

"아, 아니요. 다시 자르기 전에 거울 한 번 더 볼게요."

야마조에 씨가 다시 화장실에 가더니, 또 낄낄거리는 소리가 났다.

"오랜만에 웃었는데, 그게 자기 얼굴 보고 웃은 거라니."

그 후에는 화장실 거울 앞에서 머리를 다듬었다. 앞머리는 야마조에 씨가 제 손으로 자르고, 뒷머리는 내가 그의 지시를 받으면서 잘랐다.

"똑바로 자르지 말고, 세로로 자르는 느낌으로 적당히."

"응. 음…… 이렇게 하란 말이죠."

야마조에 씨가 말한 대로 가위질을 하려는데, 잘되지 않는다. 실수하면 안 된다는 생각에 긴장해서 손이 떨렸다.

"후지사와 씨, 힘 빼요."

"알았어요."

"잘 안 되면 박박 밀어 버리는 방법도 있으니까."

"그, 그렇네."

"오, 이제 잘하는데요."

"그런가."

"그래요. 아, 거기는 이제 그만 자르고, 오른쪽 부탁할게요."

"아, 알았어요."

자신감을 완전히 잃은 나는 야마조에 씨의 지시에 따라 조심스럽게 가위질을 했다.

간신히 완성된 머리 스타일은 앞머리는 너무 짧고 뒷머리는 들쭉날쭉해서 좀 이상했지만, 그래도 목각 인형은 모면했다.

"음, 어째 좀 미안하네."

나는 가방에서 소형 청소기와 쓰레기봉투를 꺼내 바닥에 널린 머리칼을 치웠다.

"준비성이 좋네요."

"이거, 쓰고 싶으면 써요."

테이프를 건네자 "편리하네요" 하면서 야마조에 씨는 옷에 묻은 머리카락을 찍어 냈다.

"그럼, 이제."

나는 머리칼을 모아 담은 쓰레기봉투를 얼른 묶고는 현관으로 나갔다. 한시라도 빨리 이곳을 뜨고 싶었다.

"쓰레기는 내가 버릴게요."

"아니, 이건 내가……."

"쓰레기장이 아파트 지하에 있어서. 아니 그보다 머리칼을 가져가면 무서우니까."

"아, 그렇구나. 그러네. 그럼……."

나는 쓰레기봉투를 건네고는 바로 집을 나섰다. 서쪽으로 기운 태양이 쥐어짜듯 빛을 쏟아붓고 있다.

음, 이러면 된 건가. 아무튼 머리는 짧아졌다. 하지만 마지막에 자른 것은 야마조에 씨 본인이고, 머리 스타일은 엉망이다. 아니야, 시원해졌으니 그럼 됐지, 뭐. 어떻게든 그렇게 믿으려 하다가, 불쑥 생각났다. 2년 만이라고? 2년 만에 웃었다고? 제멋대로 자란 머리보다 그쪽이 더 엄청나다.

4

그
남
자

"오, 야마조에 씨, 이렇게 추운 철에 시원해졌잖아. 음, 그
게 요즘 유행하는 스타일인가?"

월요일. 출근하자 사장이 내게 말했다.

"글쎄요……."

아침에 어떻게든 차분하게 다듬어 보려 했지만, 너무 짧
게 아무렇게나 자른 머리라 쉽지 않았다.

"요즘 젊은이들, 다 저렇게 머리가 흐트러져 있잖아요."

거드는 스미카와 씨 옆에서 후지사와 씨가 미안한 표정
으로 나를 쳐다보았다.

"훨씬 좋은데, 뭐. 야마조에 씨, 이렇게 보니까 잘생겼는데."

사장은 그렇게 말하고 웃으면서 내 어깨를 툭 쳤다.

"아마조에 씨, 머리 자르니까 아주 상큼한데. 열 살은 더 젊어 보여."

히라니시 씨도 그렇게 칭찬했다.

좀처럼 말이 없는 스즈키 씨도 내 얼굴을 힐금 보고는 좋다는 식으로 미소를 머금었다.

머리를 자른 덕분에 시야가 넓어지고 기분도 개운해졌으면 좋겠지만, 그렇지는 못하다. 그래도 모두가 한마디씩 해주니 나쁘지는 않았다.

"열 살 젊어지면, 저, 초등학교 1학년인데요."

예전의 나 같으면 그런 농담을 해서 모두를 웃겼을 것이다. 전에 다니던 회사에서는 상사와 농담 따먹기도 하고, 일이 끝나면 돌아가는 길에 한잔하러도 가면서 적극적으로 소통했다. 그러나 지금 이 회사에서는 꼭 필요한 말밖에 하지 않는다. 공황장애 탓이지만, 과연 그게 전부일까. 모두 좋은 사람들이다. 하지만 일에서 성취감을 얻으려는 분위기는 없다. 사장은 실적을 올리려는 의욕이 없고, 직원은 먹고살 정도의 월급을 받으면 충분하다고 생각하는 듯하다. 히라니시 씨는 사교성이 좋은데도 그 장점을 영업에 살리거나 일에 연결하는 것 같지 않고, 장인이었다는 스즈키 씨는 묵묵히 자기 페이스로 일할 뿐이다. 나이 탓도 있겠지만, 다들 너무 느긋하다.

일을 이렇게 해서 될까 싶을 때도 있다. 공황장애만 앓지 않는다면, 내가 과연 이런 회사에 남아 있을까. 그러나 그런 생각을 한다고 해서 뭘 할 수 있는 것도 아니다. 지금의 나는 적극적으로 움직일 힘이 없으니. 야근도 없고 경쟁도 없는 평화로운 회사다. 지금 여기서 일하는 게 내게는 딱 적당하다.

그런데 후지사와 씨는 왜 이 회사에 다니는 것일까. 머리를 자르는 감각은 없지만, 일하는 모습을 보면 감각이 없지 않고 무엇보다 성실하다. 나보다 3년 앞서 이 회사로 이직한 듯한데, 여기를 선택한 이유는 무엇일까. 혹시 PMS와 관계가 있는 것일까. 역시 나와는 무관한 쓸데없는 참견일까.

"그럼 오늘도 무리하지 말고, 탈 없이 안전하게, 잘 부탁합니다."

매일 아침 거의 똑같은 인사말을 하는 사장의 목소리를 들으면서, 나는 탄산음료를 슬며시 냉장고에 넣고는 창고로 향했다.

"거리가 온통 크리스마스 분위기인데, 야마조에 씨는 그런 데 관심 없나? 아직 젊은데."

점심시간에 사장이 도시락을 먹으면서 물었다.

"네, 별로."

사장은 무슨 말을 해도 별 반응을 보이지 않는 내게, 하루에 몇 번은 말을 걸어 준다.

"그렇군. 하긴 우리 집도 자식들이 집을 떠난 후로는 크리스마스도 없고 생일도 없어."

사장은 그렇게 말하면서 웃었다.

전에는 그런 날이면 친구들과 모여 놀거나 여자 친구와 함께 지냈다. 그러나 공황장애를 앓게 되면서 이벤트와는 인연이 없어졌다. 오늘은 12월 2일. 크리스마스까지는 앞으로 20일 남짓 남았다. 어, 슬슬 그때가 아닌가. 나는 탁상 달력을 보았다.

보통 생리 주기는 28일 전후다. 후지사와 씨가 지난번에 화를 낸 건 11월 7일이나 8일. 그날부터 25일 정도 지났다.

후지사와 씨 쪽을 돌아보니, 스미카와 씨와 조잘거리면서 빵을 먹고 있다. 식욕이 있다는 건 괜찮다는 뜻이겠지. 그렇게 생각하면서 뒷모습을 보았는데, 목 근육이 약간 튀어나와 있다. 난방도 들어오는데 추운 것일까. 아니다, 어깨가 솟아서 그렇다. 저 사람, 호흡하는 법을 잘 모르네, 저렇게 알기 쉬운 자기 몸의 변화도 알아차리지 못하는 건가.

"후지사와 씨, 좀 와 봐요."

나는 후지사와 씨 옆에 가서 말했다.

"에?"

후지사와 씨가 컵을 든 채 이상하다는 듯이 올려다본다.

"빨리. 괜찮으니까."

"어디로 오라는 건데요?"

"이쪽이요."

나는 그렇게 말한 다음 후지사와 씨 손을 끌고 사무실 밖으로 나갔다.

"왜 그러는데요? 밖은 추운데."

"좀 더 가요. 회사 옆의 옆의 옆은 공터니까."

"공터?"

"그러니까, 빨리."

"갑자기 밖으로 끌고 나와서 어쩌려는 건데?"

내게 등을 떠밀려 마지못해 걸음을 옮긴 후지사와 씨는 공터 앞에서 화를 냈다.

"아이 참, 뭐야? 춥다고. 빵도 다 못 먹었고."

목소리가 평소보다 높고 말도 빠르다. 역시 그렇다. PMS 가 시작되려는 것이다.

"그랬군요."

"대체 뭐야?"

"아아, 화내지 마세요."

"이런 데로 끌고 오면 어떡해."

차가운 공기 속에서 후지사와 씨의 목소리가 짜랑짜랑 울린다. 이거, 한참 계속되겠는데. 공황장애 때문에 식욕이 없으니 점심을 못 먹는 것은 상관없다. 그러나 이 추위는 견디기 어렵다. 혼자 사무실로 돌아갈까 했다. 하지만 길 가는 사람이 후지사와 씨에게 시비를 걸 수도 있다. 일단 따뜻한 음료라도 사 올까.

"후지사와 씨, 여기서 혼자 화내고 있어도 되겠죠? 따뜻한 거 좀 사 올게요."

"뭐요? 혼자 화내고 있으라니. 느닷없이 밖으로 끌고 나오면 누구라도 화가 나지."

"그래도, 춥죠?"

"이렇게 추운데 끌고 나오니 화를 내는 거지."

소리를 지르면서도 슬퍼 그런지, 추워 그런지, 눈이 촉촉하다. 감정이 뒤죽박죽인 것이리라.

"음료수 사 올 테니까, 저기서 잡초나 뽑고 있어요. 그러면 속이 풀릴 수도 있으니까."

이 부근에는 소규모 사업소와 공장이 줄지어 있어, 길가에 자판기가 세 군데나 있다. 나는 제일 가까운 자판기로 뛰어가 음료수를 두 개 샀다. 서둘러 돌아와 보니, 놀랍게도 후지사와 씨는 정말 쪼그리고 앉아 잡초를 뽑고 있었다.

"이제 좀 후련해졌어요?"

"그럴 리가. 대체 뭐예요?"

"이거 마셔요. 아니면 손난로 대신 쥐고 있던지."

내가 따뜻한 페트병을 건네자, 후지사와 씨는 "재스민차네" 하고 중얼거렸다.

"카페인은 좋지 않겠다 싶어서."

"그건 그렇지만."

"아, 잠깐잠깐."

뚜껑을 열려는 후지사와 씨를 얼른 제지했다. 재스민차에 홀려 화가 잦아들고 있는데, 뚜껑 여는 소리에 다시 폭발하면 골치가 아프다.

"이거 마셔요."

"뭐야? 내 손으로 열 수 있는데."

거꾸로 분노의 스위치를 누른 것 같다. 후지사와 씨가 인상을 찡그렸다.

"아아, 진정해요. 우선 한 모금 마시고."

"대체 뭐냐고? 일일이 이래라저래라."

"네, 네. 자."

"네, 네는 또 뭐야."

"아, 네는 한 번만 하면 되죠. 네."

적당히 대꾸하면서 나도 재스민차를 마셨다. 후지사와 씨가 불합리하게 화를 내고 있는데도, 일회성이라는 것을 아니 싫지 않다. 오히려 어떻게 하면 이 분노를 잠재울 수 있을지, 관심이 생겼다.

"야마조에 씨, 좀 이상하네."

"그런가 봅니다."

"그런가 봅니다라니, 남 얘기하는 거 아니잖아."

"아, 그렇죠. 그보다, 후지사와 씨."

"왜요?"

"이 머리 스타일, 이렇게 만든 거 후지사와 씨죠?"

"아, 그건······."

"나, 이 머리로 회사에 오는 거, 엄청 고민했어요. 오늘 아침에, 평생 밖에 못 나가겠다고 생각하면서 열심히 드라이했다고요."

"후······."

화를 냈는데 도리어 혼이 나자, 후지사와 씨는 김빠진 소리를 냈다.

"나는 말이죠, 머리를 자르고 싶은 후지사와 씨의 일방적인 호기심의 희생자란 말입니다."

내가 그렇게 말하자, 후지사와 씨는 어깨를 축 늘어뜨리며 대답했다.

"그, 그렇네요······."

후회가 분노를 이긴 듯하다.

"그럼, 이제 마십시다."

"네에······."

후지사와 씨는 의기소침해진 얼굴로 재스민차를 마셨다.

의사는 몸에만 신경을 쓰기 때문에 발작을 일으키는 것이라고 했다. 다른 일에 정신이 팔려 있을 때나, 신경이 자신을 향하고 있지 않을 때는 발작이 잘 일어나지 않는다고.

PMS로 인한 분노도 비슷할까. 후지사와 씨는 한숨만 쉴 뿐, 분노는 어딘가로 사라진 기색이다.

점심시간이 끝난 후 빈혈기를 보인 후지사와 씨가 조퇴하자, 사장이 말했다.

"감기도 유행하는데, 오늘은 일찌감치 마무리하지."

덕분에 평소보다 이른 4시에 업무가 끝났다.

예전의 나는 일이 빨리 끝나면 신이 났다. 한잔하러 갈까 하고 동료들을 부추기거나, 새로 생긴 가게에 들러 볼까 하는 생각을 했다.

그런데 지금은 아무 생각도 나지 않는다. 가장 안심할 수 있는 장소, 집으로 돌아가는 것은 좋다. 그러나 그 집 안에서도 하고 싶은 일이 없다.

그날, 처음 발작을 일으킨 후 생활이 완전히 뒤바뀌었다.

잘 다니던 회사를 그만두었다. 그다음에는 수많은 취소를 해야 했다. 그녀 생일에 가려고 예약했던 레스토랑. 친구들과 같이 가기로 약속했던 바비큐 파티. 미용실. 일주일에 세번 다니던 스포츠센터. 아주 사소한 일정도 그저 공포의 대상일 뿐, 뭐 하나 제대로 할 자신이 없었다.

밖에 나갈 수 없다면 책을 읽고 영상이라도 보면 좋은데, 그럴 기력이 없었다. 하고 싶은 일이 하나도 없는 생활. 사는 의미를 알 수 없고, 하루가 끝날 때마다 그저 안도할 뿐인 나날. 그런 나날만 쌓여 가는 가운데, 어떻게 하면 원래의 나로 돌아갈 수 있을지 도무지 오리무중이었다.

외출은커녕 독서도 음악 감상도 하지 않는 내가 비는 시간에 하는 일이라고는, 공황장애 환자의 사이트를 검색하는 정도다. 그래 봐야 불안해질 뿐이라고 생각하면서도, 자신의 병이 어떻게 될지, 같은 병을 안고 사는 사람들의 상황은 어떤지 조사하지 않을 수 없었다.

공황장애에 관한 사이트는 수없이 많았다.

병원에 가면 그저 약만 준다. 약을 먹으면 금단증상에 시달릴 뿐이다. 그렇게 병원을 비판하는 사이트.

철분을 섭취하면 낫는다. 허브티를 마시면 낫는다. 이를 교정하면 낫는다. 그런 비과학적 단언.

공황장애를 앓으면서 정말 소중한 게 뭔지 알았다는 긍정적인 내용에서, 죽는 게 차라리 낫다는 비관적인 내용. 느긋하게 마음먹고 사이좋게 살아가자는 여유로운 내용에서, 공황장애 따위는 마음먹기에 달렸다, 병에 굴복해서는 안 된다는 강경한 내용.

공황장애에 대한 견해가 다양한 만큼 환자의 양상도 다양했다.

뭐가 옳은지, 뭘 믿어야 좋을지 모르겠다. 하지만 나는 오래 살고 싶은 것이 아니다. 죽으려는 생각도 없지만, 앞날을 알 수 없고 아무 재미도 없는 고독한 나날 속에서 삶의 의욕도 생기지 않는다. 금단증상이 괴롭다면 죽는 날까지 약을 먹으면 그만이다. 힘들지 않게 지내는 것이 최고다. 그래서 나는 주저 없이 약을 먹었다.

집에 돌아가 컴퓨터를 켜니, 어제 검색했던 사이트가 그대로 떴다. 20대 후반 환자의 블로그다.

아, 힘들겠지. 공황장애 환자가 우울증을 동반하는 비율은 50퍼센트를 훌쩍 넘는 듯하다. 내가 그 50퍼센트에 들지 않을 자신이 없다. 하지만 지금 증상에 우울증까지 겹치면 어떻게 될지, 두려웠다.

그래서 나는 억지로라도 일을 하고, 하루의 끝에는 귀찮아도 목욕을 한다. 더 이상 생활이 망가지지 않도록 노력한다.

더 우울해질 것 같아 페이지를 닫았다. 문득 후지사와 씨가 떠올라, PMS를 검색해 보기로 했다.

최근에 알게 되었지만 PMS로 고생하는 여자들이 의외로 많은 듯하다. 후지사와 씨처럼 짜증과 분노를 통제하지 못하는 사람도 있고, 슬픈 일도 없는데 감정이 북받쳐 눈물이 계속 흐른다는 경우, 무기력해져서 움직이기도 어렵다는 경우.

공황장애에 PMS에 우울증. 자기 몸과 마음인데, 자기도 어떻게 할 수 없는 사람들이 너무 많다.

눈이 피곤해져 화면을 껐다.

먹고 싶지 않지만 칼로리바를 먹고, 샤워를 하고, 이를 닦고, 약을 먹는다.

약을 먹고 이부자리에 들면 몸이 둥둥 뜬다. 기분 좋은 부유감. 이 감각에 몸을 맡기고 잠드는 때가 가장 좋다. 잠이 들 때나 행복을 느낀다니, 서글픈 인생일지도 모르겠다. 그런데, 오늘 후지사와 씨의 분노를 잠재웠을 때, 조금 기분이 좋았다. 그런 생각을 하면서 잠이 들었다.

5

그
여
자

배가 아파서 아무것도 먹고 싶지 않아 저녁은 요구르트로 때웠다. 아예 먹지 않는 것도 좋지 않으니, 힘들 때도 뭔가는 입에 넣는 습관이 붙었다. 간신히 다 먹고 카페인이 없는 홍차를 마시고 있는데, 휴대전화가 울렸다.

슬슬 때가 온 것 같은데, 괜찮니? 몸 따뜻하게 해.

한 달에 한 번 엄마가 문자를 보낸다. 괜한 잔소리로 내 신경을 건드리면 안 된다고 여기는지, 언제나 단편적인 내용이다.

오늘 시작됐어. 하지만 괜찮아. 고마워.

　나도 간단하게 답한다.

　혼자 살기 시작했을 때는, 걱정한 엄마가 시시콜콜 문자를 보냈다. 특히 예전 회사를 그만둔 직후에는 거의 매일 전화를 걸어 왔다. 그뿐만 아니다. 생리통과 PMS에 좋다는 차와 음식, 건강 요법이 실린 잡지도 종종 배달되었다.

　내가 조금이라도 편해지기를 바라서였다. 그건 아는데, 너무 힘들었다. PMS로 고생한 지 10년이 넘는다. 좋다는 건 대개 시도해 보았다. 그런데도 이런저런 제안을 하면 부담스러웠다. 정말 효과가 있을지 의심스러운 잡지 기사를 읽으면 마음이 더 무거워졌다.

　체조로 암을 고쳤어요.

　자리보전을 하던 할머니가 식초를 마시고 일어나셨습니다.

　지푸라기라도 잡는 심정으로 근거 없는 건강 요법을 믿는 사람이 어딘가에는 있다. PMS 따위는 새 발의 피도 안

될 정도로 고생을 겪는 사람도 있다. 그렇게 생각하면 가슴이 아팠다.

지금 회사에 취직했을 때, 통화하면서 직장이 바뀌니까 짜증도 거의 안 나고 생리통도 줄었다고 했다. 그러자 엄마는 "역시 스트레스 때문에 그랬나 보네" 하고 안심한 목소리로 말했다. 그다음부터는 전화를 거는 횟수도 뭔가를 보내는 일도 줄었다. 그런데도 이렇게 한 달에 한 번 문자를 보내는 걸 보면, 완전히 나았다고는 생각지 않는 것이리라. 사회인이 되어서도 엄마에게 걱정만 끼치고 있다. 부모는 그런 존재라고 하지만, 언제까지 이래야 하는 것일까.

그래도 이번 달은 좀 나았다. 야마조에 씨 손에 끌려 밖으로 나가 잡초를 뽑고, 재스민차를 마시다 보니 짜증도 분노도 잦아들었다. 머리를 잘못 자른 걸 꼬집은 탓에 분노가 기죽었던 것일까. 아니면 잡초를 뽑는 그 감촉에 속이 후련해진 것일까.

그건 그렇고, 야마조에 씨는 내 분노의 조짐을 어떻게 눈치챘을까.

점심시간이 거의 끝나 갈 무렵, 둘이 사무실로 돌아갔다.

"아니, 언제 그런 사이가 됐어. 갑자기 손을 잡고 나가게."

스미카와 씨가 싱글거리며 놀렸다.

"거, 그렇게 캐고 들면 잘될 일도 꼬인다고."

사장은 번지수가 틀린 충고를 했다. 야마조에 씨는,

"후지사와 씨가 짜증을 부릴 것 같아서 데리고 나갔을 뿐입니다."

하고 아무렇지 않게 대답했다.

내가 옆에서 그냥 보기만 해도 짜증을 부릴 것 같은 분위기를 풍기고 있었던 것일까. 아니면 공황장애 같은 심인성 병을 앓으면 타인의 감정적 움직임에 민감해지는 걸까. 어느 쪽이든, 폭발하기 전에 나의 변화를 알아챈 사람은 처음이다.

발작을 일으키면 죽을 듯이 괴롭다는 것. 전철이나 버스, 미용실 등 마음대로 움직일 수 없는 장소를 두려워한다는 것. 공황장애에 대해서 그 정도는 알고 있다. 언제 어디서 찾아올지 모르고, 죽음을 상상하게 되는 발작. 한 달에 한 번 예상할 수 있는 날짜에 찾아오는 PMS도 힘겨운데, 얼마나 무서울까. 그런 상상을 하자, 야마조에 씨의 핏기 없는 얼굴이 떠올랐다.

분노를 잠재워 주었으니 보답하려는 건 아니지만, 내가

할 수 있는 일은 없을까. 머리는 실패로 끝났으니까, 이번에는 도움 되는 것? 건강 보조 식품, 허브티, 아로마. 내가 그동안 시도한 것들은 야마조에 씨도 이미 알고 있을 것이다.

다소나마 편하게 해 주는 것. 그게 뭘까. 나 자신을 돌아본다. 뭘 어떻게 해도 증상이 크게 개선되지는 않았다. 그래도 지금 직장에 와서는 짜증이 밀려오기 전의 불안감이나 분노를 터뜨린 후의 우울감이 많이 줄었다. 그건 회사 사람들이 내 상태를 알고 받아들여 주었기 때문이다.

공황장애는 발작 시 주변에 폐를 끼치게 된다는 불안감을 조장하는 경우도 있다는 글이 있었다. 만약 주변 사람들이 발작에 대해 이해하고 있다면, 야마조에 씨도 마음이 가벼워지지 않을까.

* * *

다음 날 아침, 나는 평소보다 일찍 집을 나섰다. 사장은 회사 근처에 살기 때문에 8시에는 출근해 사무실에서 신문을 본다.

"안녕하세요."

내가 사무실 문을 열자,

"후지사와 씨, 웬일이야, 이렇게 일찍."

돋보기를 쓴 사장이 놀란 표정으로 나를 쳐다보았다.

"좀 드릴 말씀이 있어서……."

내 책상에 가방을 올려놓고 사장 쪽으로 몸을 돌렸다. 일을 시작하기 전의 개인 시간을 방해하려니 미안했는데, 사장은,

"뭔데? 내부 고발이야?"

하며 너그럽게 웃고는 신문을 덮었다.

이 회사에는 경쟁도 없고 야심에 불타는 사람도 없다. 모두가 평온하게 주어진 일을 하는 직장에 고발할 문제가 있을 리 없다.

"아니요, 야마조에 씨 일로."

사장이 옆에 있는 의자를 권해, 거기에 앉았다.

"야마조에 씨. 오오, 그래. 이 나이에 사랑의 큐피드 역할을 부탁받다니."

"큐피드요?"

"아, 그게, 음. 은근 눈치는 채고 있었어. 두 사람 잘 어울리잖아."

"아니에요, 그런 거."

"아니야?"

"네. 제가 야마조에 씨를 좋아하는 것도 아니고, 야마조에 씨도 저를 꺼리지 않나 싶은데."

"그래? 그렇군……. 그럼 뭔데?"

"저, 야마조에 씨, 며칠 전에 거의 쓰러지다시피 했잖아요."

"후지사와 씨가 집에 데려다줬지. 아, 그러니까 그때 좋아하게 되었다?"

"아니라니까 그러네요. 우리는 전혀."

사장은 어떻게든 우리를 엮고 싶은 듯하다. 나는 다시 한 번 단호하게 고개를 저었다.

"야마조에 씨, 간간이 지각도 하고, 힘들어하는 때가 많잖아요. 껌도 씹고, 그런데 그건."

"후지사와 씨, 잘 보고 있군."

사장은 여전히 히죽거리고 있다. 나는 상관 않고 얘기를 이었다.

"그건, 그러니까 그건, 공황장애 때문이라고……. 음, 그게 심인성 병이라서. 몸이 안 좋은 게 아니라, 그냥 발작을 일으켜요. 며칠 전에 그런 것도, 그 때문이 아닌가 싶어서."

사장에게는 익숙하지 않은 병명이려니 하고 설명을 계속하자,

"아아, 공황발작이겠지."

하고 사장은 별거 아니라는 듯 대답했다.

"알고 계셨어요?"

"본인에게 들은 건 아니지만, 그런 게 아닐까 했지. 나는 잘 모르니까 제대로 이해하고 있는 건 아니지만."

"아, 네……."

사장이 야마조에 씨가 공황장애라는 걸 알고 놀라지 않을까 걱정했는데, 이미 눈치채고 있었다니.

"야마조에 씨가 일도 성실하게 하고 있으니까 별문제는 없는데. 본인은 힘들겠지. 그런데, 후지사와 씨가 어떻게 그걸?"

"아, 아니, 그게……."

머리를 잘라 주겠다고 한 것처럼, 이번에도 괜한 참견이었나. 나는 어깨를 으쓱하고는, 내 PMS를 주변 사람들이 알고 있어서 마음이 무척 편해졌으며, 야마조에 씨도 숨기지 않으면 마음이 가벼워지지 않을까 하고 생각했다고 전했다.

"호오, 그렇군. 후지사와 씨다운데. 하지만 공개해서 편해지는 사람도 있고, 아무도 몰라야 더 편한 사람도 있으니, 쉽지가 않군."

"네."

알려지고 싶지 않은 기분은 충분히 이해한다. 그러나 그는 언제 찾아올지 모르는 발작 증세와 함께 살고 있다. 공황 발작이라고 털어놓으면 얼마나 편해질까.

"나도 말이야, 30년 이상 앓고 있는 병이 있어."

사장이 내 얼굴을 보면서 조용히 입을 열었다.

"30년……."

그렇게 오래 앓고 있다면, 아직 낫지 않은 난치병인 것일까. 갑작스러운 사장의 고백에 나는 숨을 삼켰다.

"약도 숱하게 사용했고, 병원에 간 적도 있어. 뭐가 좋다 하는 소리를 들으면 다 시도해 봤고. 목욕물에 식초를 섞기도 하고, 매실장아찌를 계속 먹기도 하고 말이야. 그런데도 완전히 낫지 않았어."

사장의 말에 가슴이 메었다. 식초와 매실장아찌는 예전에 엄마가 보내 준 건강 잡지에도 흔히 등장했던 민간요법이다. 그런 것에 매달릴 정도였다니. 사장은 어떤 병을 앓고 있는 것일까.

"장마철이나 습도가 높은 계절에는 아주 참을 수가 없어. 그런데 나는 그 병을 아무에게도 알리고 싶지 않아. 그래서 야마조에 씨의 심정을 이해할 수 있을 것 같다는 얘기야."

사장이 온화한 표정으로 나를 보았다. 야마조에 씨의 공황장애 공개는 이미 큰 문제가 아니었다. 이렇게 친절한 사장이 병을 앓고 있다니…….

"사장님…… 괜찮으세요?"

병에 대해서 뭐라 물으면 좋을지 몰라, 그렇게 말했다.

"그럼. 지금은 발가락 양말을 신고 있어서, 아주 좋아."

"발가락 양말?"

"음. 항균도 되고 탈취도 되는 거. 한 켤레에 800엔이나 하지만."

"항균, 탈취……."

"그래. 아, 이건 모두에겐 비밀이야. 무좀이라는 거 알려지면 싫어할 수도 있잖아."

"무좀……. 아, 네, 그러니까 무좀……이군요."

그렇게 심각하지 않은 병명에 나는 맥이 풀렸다.

"미안, 미안해. 후지사와 씨나 야마조에 씨가 앓고 있는 병과 무좀을 비교하다니, 말이 안 되지."

"아니에요."

"두 사람만큼 힘겹지는 않아도, 히라니시 씨는 머리숱이 적은 걸 한탄하고 있고, 스즈키 씨는 요통이 있고, 스미카와 씨는 1년 내내 어깨가 아프다고 하고, 심신이 모두 건강한 사람은 그리 많지 않아."

사장이 그렇게 말하고는 어깨를 으쓱 추어올렸다.

"그렇네요. 음, 무좀도 참기 어려울 것 같아요."

내가 그렇게 대꾸하자, 사장은 "후지사와 씨다운 말이군" 하며 웃었다.

"벌써 오래되어서 사이좋게 잘 지내고 있어. 마누라에게 도 말을 안 했는데, 그게 눈치를 챈 모양이야. 양말에 숯을 넣기도 하고 슬리퍼를 자주 말리는 걸 보면."

"그렇군요."

"마누라야 옮고 싶지 않으니까 그러는 거겠지만, 그렇게 신경을 써 주는 사람이 한 명이라도 있어서 마음은 편해. 야 마조에 씨도 그렇지 않을까."

사장은 "으쌰" 하면서 의자에서 일어났다. 이제 곧 스미카 와 씨가 출근할 시간이다. 나도 내 자리로 돌아갔다.

누군가의 부담을 더는 것은 억지로 머리를 자르거나 멋대로 상황을 공개하는 행위가 아니다. 양말에 슬쩍 숯을 넣는 것. 그런 배려야말로 고통을 줄여 줄지도 모른다.

6

그
남
자

12월 28일부터 새해 1월 5일까지는 신년 휴가다. 긴 휴가지만, 어디에 가는 것도 아니다. 부모님이 계시는 집은 도쿄에서 4시간 이상 걸린다. 공황장애를 앓은 지 2년, 한 번도 내려가지 않았다.

"일 때문에 도저히 쉴 수가 없어서요. 이 시기에는 더 바빠서."

전화를 걸어서 그렇게 말하자, 어머니는 "올해도? 2년이나 못 봤는데" 하고 불만스럽게 말했다.

"내년에는 갈 수 있을 거예요, 아마."

"다카토시, 너 작년에도 그렇게 말했어."

"죄송합니다. 그게, 중요한 일을 맡아서."

"설날에도 쉴 수 없다니, 회사가 너무 심한 거 아니니?"

그렇게 투덜거리는 엄마 뒤에서 "그만큼 일을 잘한다는 거잖아. 고마운 일이지. 지금은 일이 가장 중요한 시기라고" 하는 아버지 목소리가 들린다.

"아무튼 건강하게 잘 지내고 있어요. 시간 나면 내려갈게 요."

"알았어. 일 때문이라니 어쩌겠니."

"네, 죄송해요."

더 이상 길어지면 거짓말이 들통날 것 같다. 나는 얼른 전화를 끊었다.

내년에는 가겠다. 말은 그렇게 했지만, 알 수 없다. 전철조차 못 타는데, 신칸센이나 비행기로 이동한다는 건 상상도 할 수 없다. 무엇보다 이런 내 모습을 보고 아버지와 어머니가 무슨 생각을 할 것인지, 또 가족과 같이 있는데 발작을 일으키면 그 충격도 클 것이다. 겉보기에는 크게 변한 게 없지만, 지금의 내게 패기가 보이지 않는 것은 분명하다.

가족에게라도 공황장애라는 걸 털어놓으면 편하겠다고 생각한 적도 있다. 내가 움직일 수 없다는 걸 알면 부모님이 만나러 올 테고, 거짓말을 할 필요도 없다.

하지만, 부모님은 충격을 받을 것이다. 당신들이 잘못 키웠나 하며 엉뚱한 자책을 할 테고, 더구나 심인성이라는 게 어떤 병인지 있는 그대로 이해해 줄 것 같지도 않다. 뭐라 설명해도, 그래도 원인이 있을 것 아니냐, 어떻게든 고칠 방법이 있지 않겠느냐, 하고 따지려 들 것이다.

부모님에게 집을 옮겼다는 말은 했지만, 다니던 회사를 그만두고 지금 회사에 다닌다는 얘기는 하지 않았다. 두 분 다 내가 순풍에 돛 단 듯한 나날을 보내고 있다고 믿고 있다. 그편이 부모님도 행복하다. 정직한 선택은 아니지만, 걱정할 게 뻔한 일을 굳이 알릴 이유가 없다.

때로, 참 어지간한 병이라고 생각한다. 수술도 입원도 필요 없거니와, 발작만 일으키지 않으면 아픈 데도 없고, 고통스럽지도 않다. 그러나 외식도 할 수 없고, 전철도 타지 못한다. 누가 되었든 함께 있는 것을 피하고 싶어진다. 가족도 마음대로 만나지 못하고, 혼자 있는 것을 우선하는 생활. 이런 나날을 언제까지 버텨야 하나. 적응은 되었지만, 앞날을 상상하면 끔찍하다.

아흐레 동안의 휴가. 이렇게 오래 방에만 틀어박혀 있으면 안 된다. 안 그래도 날씨가 계속 흐려서 기분이 울적하다. 이틀에 한 번은 밖에 나가자고 다짐했는데, 연말에는 밖에 나가고 싶지 않아 어영부영하다 새해를 맞은 지 벌써 나흘이 지났다. 일과 약속. 그런 강제적인 것이 없으니 밖에 나갈 마음이 생기지 않는다.

"옛날에는 폭설이 내리면 모든 걸 다 뒤덮어 버려서, 겨울에는 꼼짝 않고 쉴 수밖에 없었지. 그런데 요즘은 날씨가 어떻든 갈 수 있는 장소가 있지만, 그게 또 쉽지는 않아."

내 고향은 눈이 많이 내리는 고장이라, 할아버지가 그런 말을 자주 했다.

여름이면 바다로, 겨울이면 눈 쌓인 산으로. 계절마다 즐길 수 있는 장소가 있다는 것은 멋진 일이다. 옛날에는 나도 그렇게 생각했다. 하지만 겨울은 비수기다. 날씨가 흐린 건지 맑은 건지조차 알 수 없는 회색 하늘. 등을 쭉 펴기도 어려운 추위. 활동할 수 있는 계절이 아니다.

그래도 이대로 마냥 지내다가는 6일에 출근하기가 괴로워진다. 쉬는 날이 길어질수록 의욕이 따르지 못한다. 몸을 조금이라도 움직이고, 바깥공기를 마셔야 한다. 근처에 있는 신사에 가서 신년 인사를 드리고, 그 김에 산책도 하는 편이 좋겠다. 1월 5일, 나는 마음을 다지고 준비를 한 다음에 밖으로 나갔다.

새해가 시작되어 그런지, 평소보다 마음이 다소 가볍다. 그렇게 밖에 나가기가 귀찮더니, 정작 바깥공기를 쐬자 신선한 기분이 들었다. 공황장애인 나도 새해가 시작되면 희미하나마 기대를 품게 된다.

아파트 계단을 내려가 길거리로 나섰다. 상점가를 지나 좁은 언덕길을 오르면 조그만 신사가 있다.

언덕길을 조금 올랐을 뿐인데, 신이 있는 장소라 그런지 신사에는 상점가나 역 앞과는 다른 신성한 공기가 충만했다. 다만, 새해인데 아무도 없다. 겨우 사당 하나 있는 신사라서 이런가. 나는 새전함에 동전을 던져 넣었다. 들을 사람이 있는 것도 아닌데 "아무쪼록 공황장애가 낫기를" 하고 빌자니 쑥스러워, "몸과 마음이 건강하기를"이라고 두 손 모아 빌었다.

사당 앞에서 몇 번 심호흡을 하면서 온몸으로 공기를 쐬었다. 짜릿한 겨울 추위에 몸이 바짝 긴장한다. 느낌이 좋다. 자, 그만 집에 갈까. 한 가지 목적을 달성해 기분이 좋았다.

이제 곧 12시다. 집을 향해 걸어가는데, 아침을 먹지 않아 배가 고팠다.

상점가에 있는 야키소바가게에서 냄새가 솔솔 흘러나온다. 아아, 좋지. 칼로리바와 편의점 빵. 그런 것만 먹고 지냈는데 가끔은 따뜻한 야키소바도 좋겠다. 가게 앞에 줄 선 사람도 없다. 얼른 사서 집에 돌아가 먹을까.

커다란 철판에 라면과 채소를 볶고 있는 아저씨에게 1인분을 주문했다.

"젊은이, 좀 기다려야겠는데. 지금 막 5인분 주문이 들어와서, 이거 담은 후에 새로 볶아 줄게."

"아…… 네."

그 순간, 기분이 술렁거리기 시작했다.

5인분을 팩 다섯 개에 담는다. 그다음에 새로 볶기 시작한다. 돼지고기와 양배추와 라면. 그리고 소스로 간을 맞춘다. 야키소바 1인분이 완성되는 데 시간이 얼마나 걸릴까. 지금 아저씨는 야키소바 5인분을 팩에 담고 있다. 괜찮아. 어쩌면 의외로 빨리 될 수도 있다.

"대신, 고기 많이 넣어 주지."

아저씨는 웃으면서 그렇게 말하고 새 재료를 철판에 후

드득 뿌렸다.

"감사합니다."

고기는 없어도 되니까 아무튼 빨리해 줬으면 좋겠다. 나는 어쩐지 목이 막히는 듯한 느낌에 다운재킷의 지퍼를 내렸다. 꽉 여미고 있으면 숨이 가빠진다. 몸을 가볍게 흔들면서 철판에서 지글거리는 양배추와 고기를 쳐다보고 있는데, 한 아주머니가 야키소바를 찾으러 왔다.

"5인분이니까 1,500엔."

"아, 네, 네."

아주머니가 지갑을 뒤적거린다.

제발. 빨리 내. 안 돼, 초조하게 굴면. 나는 천천히 심호흡을 했다. 들이쉬는 숨보다 내쉬는 숨을 의식하면서 천천히 호흡한다.

"여기 거스름돈 500엔. 젊은이, 조금만 더 기다려."

아저씨가 라면을 철판에 올렸다. 라면이 살짝 익어 갈 때 소스를 뿌려 간을 맞추면 끝이다. 지금까지 견뎠다. 조금만 더 기다리자. 집을 나설 때 약도 먹었다. 쓰러질 리 없다. 여기는 밖이다. 바람도 잘 통하고, 언제든 움직일 수 있다. 그렇게 속으로 열심히 중얼거리는데, 휘청 현기증이 일었다.

아저씨는 나를 위해 고기를 넉넉히 볶았다. 이제 3분만 기다리면 집에 갈 수 있다. 금방이다. 아아, 안 되겠다. 더는 한계다. 조금 전까지 식욕을 자극하던 소스 냄새에 속이 거북해진다. 이대로 있으면 쓰러진다. 나는,

"죄송합니다. 그냥 갈게요."

하고 말했다.

"에? 금방 다 되는데."

"죄송합니다."

아저씨가 팩에 담으려 한다. 하지만 내 몸이 30초도 기다려 주지 않는다. 이 추위에 식은땀이 배어 나온다. 아무튼 집에 가고 싶다.

"어이, 젊은이. 왜 그래?"

아저씨의 그 말을 떨치고 나는 걸음을 서둘렀다.

그런데. 더는 힘들다 싶어 기를 쓰고 걸었는데, 아파트가 보이자 쿵쿵 뛰던 가슴도 진정되고 현기증도 사라졌다. 뭐야, 아니었나.

발작을 할 것 같으면서 하지 않는 경우도 꽤 있다. 발작의 예감에 당황해서 약을 먹고 누운 순간, 아무 일도 없었던 것처럼 상태가 좋아진 경우도 한두 번이 아니었다. 이번에도

기분 탓이었다. 조금 더 기다렸으면 좋았을 걸 그랬다. 뿌듯한 표정으로 고기를 넉넉하게 볶던 아저씨의 얼굴을 떠올리자, 가슴이 아팠다.

의사는, 타인의 시선을 의식하는 것은 좋지 않으니 어디서든 쓰러져도 괜찮다고 생각하라고 했다. 나 자신도 발작을 일으켰다고 주변 사람들이 불편해한 일이 별로 없다는 것은 알고 있다. 하지만 공황장애는 주변 사람들을 실망시키기 때문에 골치 아픈 병이다. 발작을 해서 사람들이 요란을 떠는 일에도, 동정받는 일에도 익숙해졌다. 그러나 누군가를 낙담하게 하는 일에는 도무지 익숙해지지 않는다. 알지도 못하는 가게 아저씨가 내 탓에 어깨를 축 늘어뜨리고 실망할 걸 생각하면 견딜 수 없었다.

조금만 더 서서 버틸 수 있었다면 좋았을 텐데. 그렇게 생각하면서 아파트 계단 옆에 설치된 우편함을 열었더니, 아주 조그만 쇼핑백과 우편 봉투가 들어 있었다. 봉투에는 우리 집 주소와 내 이름이 적혀 있는데, 보내는 사람은 적혀 있지 않다. 쇼핑백에는 보내는 사람은커녕 받는 사람도 없다. 뭐지. 쇼핑백을 열어 보니 부적이 두 개 들어 있었다.

이거 대체 뭐야. 부적이 들어 있는 걸로 봐서 모종의 종교 권유? 그렇다면 신사에서 파는 부적은 넣지 않을 것이다. 동네 아이들이 장난을 친 것일까? 아니지, 아이들은 부적 따위 일부러 사지 않는다. 그렇다면 다른 사람에게 갈 것이 내 우편함에 섞인 것인가? 하지만 양 옆집은 비어 있다. 아아, 혹시⋯⋯. 그 사람, 알 것 같다. 이런 일, 할 듯하다. 나는 그렇게 확신했다.

7

그
여
자

새해 첫날 분위기는 전체적으로 여유로웠다. 모두 휴가 기분에서 미처 헤어나지 못한 데다, 일도 밀려 있지 않아서다.

"오늘은 이제 마무리해도 되겠는데."

3시가 좀 지나, 사장이 느긋하게 말했다.

"그러죠."

점심때가 지나서부터 하품만 계속해 대던 히라니시 씨도 찬성했다.

연말에서 새해에 걸친 휴가 동안, 나는 줄곧 부모님 집에서 지냈다. 집에 가는 길에 시내로 나가 쇼핑이나 할까, 그런 생각을 하면서 스미카와 씨와 히라니시 씨가 퇴근한 후에 사무실을 나섰다.

"후지사와 씨."

야마조에 씨가 불렀다.

"네, 왜요?"

"그, 부적."

"아, 그거요. 설날에 근처에 있는 신사에 갔다가 샀는데, 도움이 될까 해서."

그제, 고향집에서 돌아오는 길에 야마조에 씨 아파트에 들러 우편함에 부적을 넣었다. 양말에 숯을 넣어 두는 만큼의 효과는 기대할 수 없겠지만, 신에게 기대 보는 것도 나쁘지 않다.

"후지사와 씨, 신사를 세 군데나 갔어요?"

역으로 걸어가는 내 옆을 나란히 걸으면서 야마조에 씨가 물었다.

"세 군데요? 나는 오바라신사 한 군데만 갔는데. 해마다 늘 가요."

"그럼, 다른 부적은 어디서?"

"다른 부적?"

야마조에 씨가 무슨 말을 하는지 몰라 나는 고개를 갸우
뚱했다.

"봐요, 이거."

야마조에 씨가 가방에서 부적을 꺼내 보여 주었다.

짙은 감색 바탕에 금색으로 자수를 놓은 부적이 내가 산
것이다. 그런데 다른 부적은 본 적도 없는 것이다.

"나는 이것만 샀는데."

나는 감색 부적을 가리켰다.

"어제, 우편함에 세 개가 같이 들어 있었는데요."

"세 개나?"

"네. 조그만 쇼핑백에 두 개, 봉투에 하나."

어떻게 된 일일까. 나는 부적을 그냥 우편함에 넣었다. 누
가 쇼핑백에 같이 넣어 준 것일까.

"후지사와 씨 정도밖에 떠오르지 않는데, 이런 일할 만한
사람은."

야마조에 씨가 부적 세 개를 모두 내가 넣었다고 여기는
듯해서, 딱 잘라 말했다.

"아니라니까 그러네. 어디 좀 봐요."

나는 부적 세 개를 손에 들고 쳐다보았다. 하나는 이세신

궁 것이고, 또 하나는 히요시신사라고 수가 놓여 있다. 나의 고향집은 이바라키에 있으니까 이세신궁은 멀고, 히요시신사라는 이름은 들어 보지 못했다.

"이세신궁 건 우편으로 왔는데, 내 주소랑 이름만 쓰여 있었어요. 주문한 건가요?"

"왜 굳이 주문을 해요. 게다가 난, 야마조에 씨 주소 모른다고요. 히요시신사에는 간 적도 없고."

"그럼 어떻게 입수했는데요?"

"내가 산 게 아니라니까요."

"그럼 누가?"

내가 그걸 어찌 알랴. 야마조에 씨에게 부적을 보낸 사람이 따로 있다는 것에, 나도 놀랐다.

"야마조에 씨, 정말 짚이는 사람 없어요?"

"진짜 없어요."

"그럼 누구지……. 이상하네."

역이 보여 나는 걸음을 멈췄다. 쇼핑은 물 건너갔다. 그보다, 부적을 누가 보냈는지가 궁금하다. 어떤 사람이 나와 같은 행동을 했을까. 게다가 둘이나 있다니.

역 앞에 있는 스타벅스에서 조금 더 얘기를 들어 보려 했는데, 도저히 들어갈 수 없다고 야마조에 씨가 거부했다. 그럼 맥도날드도 있다고 했더니, 그런 곳에는 들어가지 못한다고 한다. 만에 하나 발작을 하게 돼도, 스타벅스 점원은 재빨리 대처할 것이고, 맥도날드는 늘 북적거리니까 쓰러져도 눈에 띄지 않을 것이다. 그렇게 설명했지만, 도무지 말을 듣지 않아 결국은 야마조에 씨 아파트에 가기로 했다.

"별로 친하지도 않은 남자 집에 들어가자니 좀 그러네……."

내가 그렇게 말하면서 현관에서 신발을 벗자,

"후지사와 씨, 전에도 여기 왔잖아요. 그것도 아주 당당하게."

하고 야마조에 씨가 말했다.

야마조에 씨는 사람을 자기 집에 들이는 데에는 별 거부감이 없는지, 들어오라고 하고는 이부자리가 그대로 깔려 있는 살풍경한 방으로 앞서 들어갔다.

"전에는 머리를 자른다는 명확한 목적이 있었으니까 뭐든 할 수 있었지만. 아, 오늘도 누가 부적을 우편함에 넣었는지를 추적한다는 목적이 있으니까 괜찮으려나. 음, 실례합니다."

"차라도 끓일까요? 디카페인 호지차밖에 없지만."

"고마워요."

나도 카페인은 섭취하지 않는다. PMS와 공황장애는 꺼리는 음식물이 비슷한 듯하다.

"부적, 여기 들어 있었어요."

야마조에 씨가 컵을 밥상에 내려놓고, 갈색 봉투와 하얗고 조그만 쇼핑백을 가져왔다. 흔히 보는 그냥 종이봉투와 쇼핑백. 봉투에는 받는 사람이 적혀 있었지만, 양쪽 다 보내는 사람 이름은 없었다.

"봉투에는 우표가 붙어 있으니, 우편으로 보낸 게 맞네요. 쇼핑백에는 오바라신사와 히요시신사 부적."

"네, 그래요."

"음, 부적이 세 개. 하나는 내가, 나머지 두 개 중 하나는 보낸 사람이 내 것까지 쇼핑백에 넣었다는 얘기인데. 아니지, 잠깐. 두 사람일지, 아니면 한 사람이 부적 두 개를……."

"뭡니까, 그 형사 같은 말투는."

"나, 의외로 추리 드라마를 좋아해서."

그렇게 대답하면서, 나는 자신이 아주 자연스럽게 얘기하고 있어 놀랐다. 야마조에 씨와는 오래 알고 지낸 것도 아니고, 서로를 잘 아는 사이도 아니다. 그런데 상대의 반응을 조금도 신경 쓰지 않고 얘기하고 있다. 이렇게 얘기하면 어떻게 볼까, 이상하게 느끼지는 않을까. 말을 꺼내기 전에 머릿속에 있는 필터로 늘 거르는데, 지금은 그 필터가 제 구실을 안 한다. 머리를 자르러 간 시점에 이미 이상한 사람이라고 여겨졌으니 포기한 것인지, 유사한 병을 앓고 있으니 괜찮다고 생각하는 것인지, 이유는 모르겠다. 하지만, 아무튼 무척 편하다.

"하……. 이거, 사건은 아니잖아요."

야마조에 씨가 한숨을 쉬면서 말했다.

"후지사와 씨가 아니라면, 누가 장난을 친 거겠죠. 보통 이름도 쓰지 않고 우편함에 뭘 넣지는 않으니까."

하긴 나도 평소 같으면 이름을 쓰지 않은 채 넣지 않는다. 그러나 부적은, 굳이 이름을 밝히고 싶지 않다. 그저 좋은 일이 있으면 좋겠다고 바라는 정도니까. 그래서 아무것도 쓰지 않고 그냥 넣었다.

"부적이란 게, 그런 걸지도 모르죠."

"그런 거?"

"음, 잠시 바랐을 뿐이니까, 굳이 드러내고 싶지 않다거나."

"나는 잘 모르겠는데요."

"아무튼 생각해 보자고요. 봉투에 쓰인 글자, 낯익지 않아요?"

"글쎄요…… 어디서 본 것 같기도 하고, 아닌 것 같기도 하고."

"그럼, 신사 이름이 열쇠네. 이세신궁은 미에현에 있으니까. 야마조에 씨, 미에현에 아는 사람 없어요?"

"없어요. 간사이 지방에는 아무도."

"흠. 이세신궁은 규모가 큰 신사니까, 여행 갔다가 들린 사람이 샀을 수도 있지. 소인도 이세인데. 아, 어렵네. 히요시신사로 추적해 봐야겠네."

나는 그렇게 말했다. 왠지 신이 났다. 누가 나와 비슷한 생각을 했는지, 알고 싶었다.

"조사해 볼까요?"

"그래요. 아니 그런데, 야마조에 씨, 이 부적 받은 시점에 조사해 보자는 생각 안 했어요?"

"그냥 후지사와 씨라고 생각해서."

"누가 이렇게 여기저기 다니면서 부적을 모아요. 그보다, 내가 왜 야마조에 씨에게 부적을 전하려 했겠어요?"

"후지사와 씨라면 할 만한 일이라고 생각했을 뿐인데."

야마조에 씨는 그렇게 말하면서 휴대전화로 검색하고는,

"히요시신사, 전국 각지에 아주 많은데요."

하면서 화면을 보여 주었다.

"오잉?"

놀랍게도 히요시신사는 홋카이도에서 규슈까지 800군데 이상 있었다.

"신사 이름이 같은 경우가 많네. 더구나 이렇게 많이."

"어디 한군데를 특정하는 거, 무리네요. 이제 그만하죠."

800이라는 숫자에 포기했는지, 야마조에 씨가 말했다.

"몰라도 괜찮아요?"

"네. 좀 찝찝하기는 하지만, 어떻게 찾아요."

"찝찝?"

"모르는 사람이 부적을 보냈는데, 무섭잖아요. 그것도 세 개나."

"짚인형이 세 개나 들어 있으면 무섭겠지만, 부적이잖아요? 누군가가 야마조에 씨의 행운을 빌었다는 뜻인데."

"이름도 밝히지 않고요?"

"남몰래 야마조에 씨의 행복을 바라서……."

아, 혹시. 그렇네, 틀림없다. 야마조에 씨가 껴안고 있는 문제를 아는 사람은 나 말고도 있다. 야마조에 씨에게 부담되지 않게, 드러나지 않게, 말없이 기원하는 사람. 부적을 누가 보냈을지 짐작이 갔다. 800군데나 있다. 아마 이 주변에도 히요시신사가 있을 것이다. 수수께끼는 이세신궁의 부적이다.

"부모님이나 친척 중에 이세신궁에 다녀온 사람 없어요?"

"없어요. 우리 집은 시마네현이고, 이즈모신사가 있는데 이세까지 왜 가겠어요."

"그렇네. 그럼……."

"자, 이제 그만 됐어요."

"왜? 궁금하지 않아요? 누가 나를 위해 그랬는지."

"후지사와 씨인가 싶어서 물어본 거지, 딱히."

"뭐야, 그 말투는?"

야마조에 씨의 대답에 나는 맥이 풀렸다. 만약 내 앞으로 부적 세 개가 날아오면, 누가 보냈는지 어떻게든 캐내려 할 텐데.

"차, 다시 끓일까요? 아니면."

"아니면, 가라고요?"

"이제 할 일도 없으니까."

"야마조에 씨, 원래 그런 사람이에요?"

"그런이라니?"

야마조에 씨는 내가 차를 마시지 않을 거라고 판단했는지, 내 컵을 싱크대에 가져갔다.

"음, 그게, 주변에 관심이 없다고 할지, 원래 그런 성격인지, 아니면 공황장애 때문인지, 왜 그럴까 싶어서."

"나는……."

컵을 내려놓고 야마조에 씨가 이쪽을 돌아보았다.

"원래 나는, 전혀 이렇지 않았어요."

"그, 그렇겠죠."

야마조에 씨가 너무도 분명하게 말해서, 나는 조금 놀랐다.

"이랬을 리가 없잖아요. 예전의 나는, 세련된 미용실에도 갔고, 스포츠센터에 다녀서 훨씬 더 근육질이었고, 옷차림에도 신경을 썼고, 여기저기 나다니기도……."

"야마조에 씨, 멋쟁이였나 보네. 음, 그런 느낌이에요."

"그리고 일도 열심히 했고, 친구도 많고 여자 친구도 있었고, 주말에는 거의 외출해서 맥도날드와 스타벅스는 물론 프렌치레스토랑에도 갔고, 라면도 잘 먹었고."

"알았어요. 내가 무슨 비난을 하자는 게 아니라, 옛날 생각이 나지 않나 했을 뿐이니까."

야마조에 씨의 필사적인 말투에, 나는 가슴이 아파 왔다.

"그랬는데 한순간에 다 바뀌었다고요. 그래서 지금은 재미있는 일이 하나도 없다고요."

거의 말을 내던지는 투였다.

"그렇지는 않지 않나……."

"그렇지 않기는요. 뭘 먹어도 맛이 없고, 뭘 봐도 아무 재미가 없고, 하고 싶은 일도 해야 하는 일도 없는데."

"하지만 일한 보람을 느끼지 못하는 사람도 많고, 인생이란 게 그렇게 즐거운 것만은 아니니까……."

내가 계속 주절거리자, 좀 진정이 되었는지 야마조에 씨가 "그렇죠" 하고 평소의 담담한 표정으로 고개를 끄덕였다.

"나도 즐거운 일 별로 없는데. 음, 음식은 맛있지만……. 아, 혹시, 야마조에 씨, 그냥 맛있는 걸 안 먹는 거 아니에요? 늘 칼로리바만 먹어서 그 맛에 길들어 있는지도 모르잖아요."

"아."

"마찬가지 아닌가. 즐거운 일이 없어서 즐겁지 않을 뿐이고, 재미있을 만한 일이 없어서 의욕이 안 생기는 거예요. 그러니까, 부적이 마침 좋은 때 와 줬네."

"마침 좋은 때?"

"그래요. 지금은 이 부적의 정체를 추적하는 데에서 사는 보람을 찾으면 어떨까 싶은데."

내가 얘기를 이어 가자, 겨우 알 수 있는 정도이기는 하지만 야마조에 씨가 슬며시 웃었다.

"누가 우편함에 부적을 넣었는지, 그걸 찾는 게 사는 보람이라니, 너무 비참한 거 아닌가요?"

"무슨 말씀, 이거 꽤 큰 테마라고요. 서스펜스적인 요소도 있고, 동시에 야마조에 씨의 행복을 기원하는 사람을 찾는 거니까 인간적인 드라마도 있고, 다양성이 있는 장대한 프로젝트란 말이죠."

"하아……. 후지사와 씨, 그렇게 궁금하면 이 건 인계할게요."

"인계하다니, 내가 이 부적 보낸 사람을 알아서 뭐 하게요."

"그럼, 이제 그만하죠. 지금 내게는 부적을 보내 줄 만큼 막역하게 지내는 사람도 없고, 또 나를 걱정해 주는 사람도 생각나지 않아요. 전혀 모르겠으니, 누가 잘못 넣었든지, 그냥 장난친 거겠죠."

"나는 한 사람, 알겠는데."

"누군데요?"

"아주 가까이에 있는 사람."

"아주 가까이? 내가 아는 사람인가요?"

"그야 당연히. 알지도 못하는 사람이 부적 보내면 그냥 호러잖아요."

"갑자기 집에 쳐들어와서 머리를 자르지 않나, 우편함에 부적을 넣다 못해 프로젝트다 뭐다 하는 후지사와 씨야말로 호러죠. 왜 그렇게 관심이 많은 건데요?"

"왜 그렇게……."

다 내가 한 일인데도 고개가 갸웃거려졌다. 머리는 길어서 잘랐고, 좋은 일이 있었으면 해서 우편함에 부적을 넣었다. 나처럼 부적을 넣은 사람이 또 있었으니, 누군지 알고 싶다. 그뿐이지, 이유는 딱히 없다. 여느 때와 달리 참견이라 여기면 어쩌나, 싫어하면 어쩌나 하는 걱정은 없었다.

"혹시, ……후지사와 씨, 나 좋아해요?"

생각하고 있는 내게, 야마조에 씨가 물었다. 표정의 변화는 없었다.

"네?"

"나한테 관심이 있나 해서요."

"에이, 농담하시네. 어디가 그렇게 보인다고."

너무 갑작스러운 말에 나도 모르게 목소리가 커지고 말았다.

"어디는요. 회사에서는 주위 사람들 신경 쓰고 엉뚱한 행동을 안 하는데, 내게는 적극적이잖아요. 혹시 PMS 증상인가 했는데, 지금은 그 시기도 아니고. 그럼 나를 좋아하나? 그렇게 생각하는 게 자연스럽지 않나요. 그렇지 않다면, 보통 이렇게 들이대지 않죠."

대체 무슨 말을 이렇게 침착하게 하는 것일까. 나는 머리가 어질어질했다.

"야마조에 씨, 지금 발작 증세 있는 거 아니죠?"

"아닌데요. 아주 정상인데."

"그렇다면 진짜 자의식 과잉인데."

"그런가요?"

"그렇죠. 내가 야마조에 씨에게 호의를 보인 적 있나요? 나, 별로라고요, 야마조에 씨 같은 사람."

"하, 그래요."

"머리는 하도 길어서 잘랐고, 오늘은 부적을 넣은 사람이 나냐고 물어서 왔고."

"하아, 그렇구나……."

뭐가 그렇다는 건지. 야마조에 씨의 말도 반응도 좀 이상하다. 하지만, 그래서 오히려 무심하게 있을 수 있는지도 모른다.

"뭐, 됐어요. 아무튼 야마조에 씨는 부적을 보냈을 만한 사람 생각해 봐요."

그렇게 말하고 나는 현관으로 걸어갔다. 야마조에 씨는 "하" 하고 전혀 관심 없다는 반응이다. 이런 사람이 어떻게 자기를 좋아하느냐고 물었는지 모르겠다.

"아, 참."

가는 길에 장을 보자고 생각하다, 좋은 아이디어가 떠올랐다.

"또 뭔데요?"

"좋은 생각이 났어요. 내일 재미난 일 준비해 놓을 테니까, 힘내서 회사 와요."

"힘내서?"

"응. 그럼, 내일."

사는 보람을 찾기는 쉽지 않지만, 재미난 일은 쉬이 만들 수 있다. 나는 내 아이디어에 신이 나서 집에 가는 걸음을 서둘렀다.

8

그
남
자

힘내서 회사에 오라니, 어떻게 하면 되는 것일까. 일찍 출근하면 될까. 아니면 콧노래라도 흥얼거리면서 회사 문을 열면 될까. 그러고 보니, 공황장애 증세를 보인 후로는 한 번도 힘을 내지 않았다. 힘을 낸다는 게 어떤 느낌이었을까. 어떻게 하면 좋을지 몰랐지만, 지각만은 하지 않게 회사로 향했다.

사무실에 들어섰더니, 후지사와 씨는 벌써 와 있었다.

"안녕하세요."

딱히 누구를 향해서는 아닌 인사를 하고서 내 책상으로 가니, 편의점 봉지가 놓여 있었다. 뭐지, 누가 잘못 가져다

놓았나? 하고 돌아보니 후지사와 씨가,

"점심으로 먹어요."

하며 싱긋 웃었다.

점심으로? 설마 재미난 일이라는 게, 이거? 그렇게 생각
하고 있는데, 사장이 말했다.

"다들 온 모양이군. 그럼 시작할까. 오늘도 무리하지 말
고, 다치지 않게 안전히, 열심히 해 봅시다."

"야마조에 씨가 담당하는 곳 중에서 한 군데는 내가 가
줄게."

창고에서 작업하고 있는데, 히라니시 씨가 말을 건넸다.

"아닙니다. 괜찮아요."

"내가 다니는 가게가 지난주에 두 군데나 거래가 끊겨서
한가해."

"그러세요? 그럼."

구리타금속의 주된 일은 못, 슬레이트, 파이프 등을 경트
럭에 실어 철물점과 대형마트, 인테리어업체에 납품하는 것
이다. 제 손으로 운전할 때는 발작하는 일이 별로 없어서,
창고에 가만히 있는 것보다는 배달이 기분 좋았다. 다만 요

즘은 철물점이 줄줄이 문을 닫고 있어 거래처 역시 줄고 있다. 이대로 가다가 회사가 망하지 않을까 불안한데, 사장은 별다른 대책을 세우고 있는 것 같지 않다.

"구리타 사장님이 이 회사를 자식에게 물릴 마음은 없는 것 같지, 아마. 야마조에 씨나 후지사와 씨 말고는 다들 나이가 있어서 업무량은 지금이 딱 좋은데."

히라니시 씨가 내 생각을 엿본 것처럼 말했다.

오늘내일 망할 리는 없겠지만, 10년 아니 5년 후에 이 회사는 어떤 상황일까.

"우리 회사가 다른 데에는 잘 없는 도구도 취급하니까 흥미로운 부분도 있지만, 젊은 사람은 성에 차지 않을 거야."

"그렇지 않아요."

"우리는 정해진 가게에 정해진 물건을 배달하는 똑같은 매일이 반복돼도 상관없지만, 야마조에 씨는 아직 20대인데, 일하는 보람도 없고 재미없을 테지."

"아닙니다."

나는 고개를 가로저었다.

지금 나는 보람 따위는 추구하지 않는다. 일은 살기 위해 필요한 돈을 벌려고 할 뿐이다. 돈 외에 추가할 게 있다면,

생활 리듬. 일이라는 틀이 없으면 아침에 일어날 필요도, 밖으로 나갈 필요도 없어진다. 혹시라도 그런 상황이 생기면 나는 어떻게 될까. 상상만 해도 무섭다. 혼자 분류하고 혼자 배달하는 이 일이 내게는 딱 좋다. 누가 함께 있으면 긴장한다. 공동 작업이 거의 없는 단순한 일이 지금의 나에게는 고마울 정도다.

"예전에는 우리도 거래처를 더 확보하려고 무진 애를 썼어. 우리가 권한 상품이 팔리면 기뻤고 말이지. 사장님도 우리도 젊었고, 또 직원이 둘 있어서 활기찼는데."

구리타금속은 전문적인 금속 제품도 취급한다. 꼼꼼하게 설명하고 광고하면 팔리는 상품도 늘어날 것이고, 예전에는 아마 그렇게 장사를 했을 것이다.

"그랬겠네요."

"스즈키 씨는 원래 목수였는데, 우리 상품에 관심이 있어서 입사한 거야. 그 사람이 못에는 일가견이 있어서 말이지, 어디서 좋은 상품을 찾아오기도 했는데. 그게 또 잘 팔리기도 하고 말이야. 좋은 시절이었지. 하긴 작은 회사다 보니까, 일이 늘면 아무도 쉴 수가 없었어. 판매고가 높아질수록 고되게 일할 수밖에 없었지. 아니지, 그게 다들 무리하면서까지 열심히 하고 있다는 걸 몰랐어. 부사장님이 건강을 해칠 때까지."

"부사장님이요?"

"사장님 동생이 부사장님이었는데⋯⋯."

히라니시 씨는 거기까지 말하고는 화제를 돌렸다.

"정말 옛날 일이군. 지금은 무리하지 말고 느긋하게 하자는 게 구리타금속의 방침이니까. 아, 그렇지. 요즘 젊은이들은 일보다 개인의 삶을 중요시한다던데."

부사장이었다는 동생은 어떻게 된 것일까. 건강을 해쳤다? 회사의 흐름을 바꿔 놓을 정도로 큰일이었을까. 궁금했지만 캐물을 수 없었다. 사장이 매일 아침 "오늘도 무리하지 말고, 탈 없이 안전하게"라고 반복하는 말로 상상할 수 있을 뿐이다.

"자기 시간을 가질 수 있다는 건 좋은 일이지. 젊은 사람들은 하고 싶은 일도 많아서 다들 반짝거리고 말이야. 우리 같은 늙은이는 자유 시간이 있어 봐야 뭘 하면 좋을지 모르니. 집에 빨리 가도 텔레비전 보다가 자는 게 다고."

히라니시 씨는 그렇게 말하고는 어깨를 으쓱했다.

나도 그렇습니다. 그렇게 말하려 했는데, 목소리가 잘 나오지 않았다. 젊은 사람. 나도 히라니시 씨가 말하는 젊은 사람 축에 낄까.

"그럼, 이건 내가 배달하지."

히라니시 씨는 상자를 휙 들어 올렸다.

* * *

점심시간. 가방에 집에서 가져온 칼로리바가 들어 있지만, 나는 후지사와 씨에게 받은 편의점 봉지에서 주먹밥을 꺼냈다.

명란주먹밥과 닭튀김마요주먹밥. 편의점에 가면 흔히 있는 요깃거리다. 이게 뭐가 재미있다는 건지. 힘내서 회사에 올 만큼의 가치가 어디 있다고.

닭튀김마요는 속이 더부룩해질 것 같아서, 나는 명란주먹밥 포장을 뜯었다. 복권이라도 붙어 있나 싶어 자세히 보았지만 아무것도 없다. 후지사와 씨 쪽을 보니, 스미카와 씨와 빵을 먹고 있다.

"오, 이거 웬일이야?"

주먹밥을 한입 베어 무는데 사장이 말했다.

"웬일요?"

이 주먹밥을 먹는 게 그렇게 신기한 일인가. 내가 고개를
갸웃거리자, 옆자리의 히라니시 씨도 컵라면을 후르륵 먹으
면서 "오호!" 하고 말했다.

"이거, 말인가요?"

"야마조에 씨는 늘 세븐일레븐이잖아."

"세븐일레븐?"

하긴, 우리 집 근처에 있는 편의점은 세븐일레븐이다. 그
게 뭐 어쨌다는 것일까.

"그거, 로손 아닌가?"

"그런가 본데요."

편의점 봉지를 확인하면서 내가 고개를 끄덕이자,

"야마조에 씨는 세븐일레븐 팬인가 했는데 말이지."

"설마요."

항상 집 근처에 있는 세븐일레븐에서 뭘 사기 때문에, 다
른 편의점에는 2년 이상 가지 않았다. 브랜드를 비교해서가
아니라, 가깝고 편리해서 이용하고 있을 뿐이다.

"나도 세븐파라서 말이야. 가끔 원두커피 사 마시는데, 제
법 맛도 괜찮아."

"나는 닭강정을 좋아하는 손자가 종종 사 오라고 해서 로손에 가는 일이 많은데."

사장과 히라니시 씨가 주고받는 말을 들으면서, 나는 주먹밥을 먹었다. 보통 편리해서 편의점을 이용하는 줄 알았는데 의외로 호불호가 있는 듯하다.

식후에 첫 발작을 해서 그런지, 그 후로는 배가 부르면 기분이 좋지 않아 마음껏 먹는 게 두려워졌다. 애당초 식욕도 없어서, 점심이든 저녁이든 칼로리바나 빵으로 끝내는 일이 많다. 그런데, 주먹밥도 나쁘지 않다. 칼로리바처럼 목이 메지도 않고, 쌀은 역시 맛있다. 편의점 얘기로 열을 올리는 아저씨들도 재미있다. 나는 명란주먹밥을 다 먹고는 따끈한 차를 천천히 마셨다.

"재미난 일이라는 게 주먹밥이었나요?"

일이 끝나고 회사를 나섰다. 나는 역으로 걸어가는 후지사와 씨에게 말을 걸었다.

"맞아요. 놀랐죠?"

기쁜 듯한 표정이다.

주먹밥에 놀란 게 아니라, 겨우 이 정도 일을 가지고 기대하라고 해서 놀랐다.

"그런데, 왜 주먹밥이?"

"주먹밥이 아니라, 로손이에요."

"로손?"

구리타금속 사람들은 왜 이렇게 편의점에 대해 잘 알까.

"야마조에 씨는 전철도 타지 않고 차도 없잖아요?"

"네, 그런데요."

"야마조에 씨 집에서 걸어서 갈 수 있는 편의점은 세븐일
레븐이 세 군데, 패밀리마트가 한 군데."

"뭡니까, 그 정보는."

이 사람, 내가 사는 집 주변까지 샅샅이 조사한 것인가.

"그 말은 곧, 로손의 주먹밥을 먹을 기회가 없다는 거잖아
요, 야마조에 씨는?"

"아……."

"살 수 없는 게 있다는 거, 엄청나지 않아요?"

"하아."

과연. 로손에서 파는 주먹밥을 먹을 수 있는 기회가 어째
내게는 귀중한 것인 듯하다.

"언제 또 로손에서 사 올게요. 언제일지는 알 수 없지만.

그럼, 매일 회사에 오는 게 설레지 않겠어요."

후지사와 씨는 자신만만하게 말했지만, 내가 모르는 편의점 음식이 내 책상에 놓인다니, 설레기는커녕 불안하다.

"아, 저, 나, 많이 못 먹으니까, 양은 적은 편이."

"에?"

"오늘도 닭튀김마요는 남겼으니까. 주먹밥은 한 개면 충분하고, 기름진 건 싫고. 이왕 사 오는 거, 오래가는 거면."

후지사와 씨가 눈살을 찌푸렸다.

"아니요, 지금은 정상입니다."

"야마조에 씨, 엄청 대담하네."

뭐가 대담하다는 건지, 나까지 눈살을 찌푸리고 싶어진다.

"먹을거리를 받으면서 이렇게 시시콜콜하게 주문하는 사람, 처음 봤네."

"내가 부탁한 것도 아닌데, 사 와서 남기면 아깝잖아요."

"아하. 그건 그렇네."

"애당초 나는 먹을 거 필요 없다고요. 그런데 후지사와 씨가 억지로 사 오겠다니까 호의를 무시하는 것도 예의가 아니고, 이왕이면 필요한 걸 사는 게 피차가 좋지 않나요?"

후지사와 씨는 내 설명에 "그런가" 하고는 고개를 끄덕였다. 뭐든 잘 먹던 예전보다 식욕이 없는 지금 오히려 먹을거리를 소중히 하지 않으면 죄책감을 느낀다. 그래서 가능하면 남기고 싶지 않다.

"주먹밥은 하나. 상큼한 게 좋습니다."

"네, 네."

"알겠어요? 날것은 피하고, 최대한 유통기한이 긴 걸로."

내가 재삼 확인하자, 후지사와 씨는 웃겨 죽겠다는 듯한 목소리로 말했다.

"이제 그만 좀 웃겨요."

9

／

그
여
자

어떻게 하나. 1월 19일, 일요일. 날씨가 좋아 상쾌하게 눈을 떴다. 달력을 보면서 다시 한 번 손을 꼽아 본다. 지난 생리에서 23일. 아직 괜찮으려나.

어젯밤에 아미에게서 스포츠센터에 갔다가 점심을 같이 먹자는 연락이 왔다. PMS 증상이 나타난다면 내일이나 모레. 최악의 경우라면 오늘 밤늦게. 그렇다면 몸을 조금 움직여 풀어 두는 편이 좋을지도 모르겠다. 고민한 끝에, 나는 일주일에 한 번 정도 다니는 스포츠센터로 요가를 하러 갔다.

스포츠센터는 회사에서 가까운 역 근처에 있다. 집에서는 전철로 15분. 급행을 타고 가는데, 야마조에 씨가 떠올랐다. 전철을 탈 수 없다니, 어떤 느낌일까. 집과 회사 사이를 걸어서 오갈 뿐인 하루하루. 매일 똑같은 풍경을 보면서 똑같은 시간을 보낸다.

그 틀에서 벗어날 수 없다는 게 겁나지는 않을까. 아니면 그런 나날에 안심하고 있는 것일까. 야마조에 씨는 얼마나 큰 고통을 안고 있는 것일까. 아니, 의외로 담담하게 지낼 수도 있다. "후지사와 씨, 나 좋아해요?" 하고 아무렇지 않게 물을 정도로 자의식이 넘치니까. 이왕 사 오는 거, 라면서 시시콜콜 주문을 단 야마조에 씨를 떠올리자, 웃음이 터질 것 같았다.

오길 잘했다. 여유롭게 흐르는 음악을 들으면서 숨을 한껏 들이쉬자 마음이 평온해진다. 아기 자세에서 토끼 자세. 근육이 펴지면서 감각이 되살아나고, 몸 구석구석에 피와 산소가 도는 느낌이 든다. 꼬박 1시간 몸을 움직인 후에 로비에서 쉬고 있는데 아미의 모습이 보였다. 아미는 근육 트레이닝을 하고 있는 모양이다.

"아침부터 운동하니까 기분이 좋네. 나 9시에 왔어."

"그럼 2시간 이상이나 근육 트레이닝을 한 셈이잖아. 체력이 좋네."

내가 그렇게 말하자,

"체력이 좋기는. 오늘 드디어 서른 살이 되었는데."

하면서 내 옆에 앉아 어깨를 늘어뜨렸다.

"오늘이 생일이구나. 몰랐네. 축하해. 아, 미안, 아무것도 준비하지 못해서."

아미는 작년 봄에 이 스포츠센터에서 친해져, 끝나고 돌아가는 길에 간혹 같이 차를 마시거나 식사하는 사이가 되었다. 아직 1년이 넘지 않아 생일을 몰랐다. 우선 젊어 보인다는 말을 해야겠지. 내가 허둥지둥,

"그래도 서른 살로 안 보이는데, 뭐."

하고 덧붙이자, 아미는

"고마워. 서른 살은 인생의 전환점이니까. 다른 때보다 축하를 많이 해 주는 것 같아 기분이 좋네. 미사 씨가 서른여덟 명째."

하며 웃었다.

"서른여덟 명?"

"축하한다고 해 준 사람."

"와, 굉장하네."

"아, 마흔두 명으로 늘었다."

아미가 내게 스마트폰 화면을 보여 주었다. 파란 하늘 사진 옆에 '축하해'라는 글자가 쭉 나열되어 있다. 마흔두 명이라는 게 SNS로 축하해 준 사람의 숫자였구나. 치, 말로는 얼마든지 축하할 수 있지 않나. 어어? 왜 이러지? 괜히 심술맞은 말이 떠올라, 나는 살랑살랑 고개를 저었다.

"쉰 명은 되겠네. 아이도 아닌데."

아미가 맥없이 웃어서,

"누군가가 축하해 준다는 건 행복한 일이지."

하고 대답하는데, 머릿속이 자글자글거렸다.

진정해, 진정해. 이건 아니지. 그냥 기분 탓이다. 무너지면 안 돼. 속으로 그렇게 중얼거리면서 심호흡을 했는데,

"한 사람 한 사람에게 고맙다고 답신을 보내고 싶은데, 미처 속도를 못 따라가겠어."

하면서 스마트폰을 만지작거리는 아미에게,

"그럼, 굳이 안 보내도 되잖아."

하고 말했다.

"에?"

"다들 기계적으로 축하하는 건데……."

아아, 정말 심술궂은 말이다. 나는 터져 나오려는 말을 근 근이 삼켰다. 여기까지만 하자. 지금은 아직 늦지 않았다. 음, 뭐더라. 그렇지, 단전에 힘을 주고, 차크라를 상상하면 서……. 조금 전에 요가 선생님이 한 말을 되새기며 흥분을 가라앉히려 한다. 그런데, 억지로 분노를 짓누른 탓인지 어 이없게 눈물이 주르륵 흘렀다.

"왜, 왜 그래, 미사."

아미는 요동치는 내 감정의 크기에 당황하면서 "괜찮아?" 하고는 등에 손을 대었다. 그런데 내 입에서는,

"괜찮냐니!"

하는 날카로운 소리밖에 나오지 않는다.

아미는 화려한 성격에 교류하는 사람도 많아 그런지, 마 음 씀씀이도 섬세하다. 그런 점은 1년 못 되는 만남에서도 잘 알고 있고, 나는 아미를 절대 싫어하지 않는다. 그런데,

"아, 진짜 짜증 나 죽겠네."

눈물과 함께 감정이 북받친다.

"미사, 왜 그래? 내가 뭐 잘못했어?"

"잘못한 건 없는데, 성가시네."

"뭐가?"

"전부 다, 모든 게."

나는 내던지듯 말을 뱉었다. 눈물샘과 분노가 동시에 터져, 스스로도 슬픈 건지 화가 나는 건지 잘 모르겠다.

"미사, 좀 피곤한 거 아니야?"

"아니. 멋대로 단정하지 마."

"그래, 알았어. 그런데 오늘은 그냥 집에 가는 게 좋겠어."

"왜? 왜 집에 가야 하는데?"

나는 계속 눈물을 흘리면서 아미를 물고 늘어졌다.

"조금 전까지 요가도 했고, 피곤한 것도 아닌데."

"응, 그건 알겠는데."

"뭘 안다는 거야?"

"딱 꼬집어 뭘 안다는 건 아니고…… 아무튼, 난 갈게. 미사도 진정되면 집에 가."

아미는 널뛰는 내 감정에 겁이 났는지, 혼자 두는 편이 좋겠다고 판단했는지, 슬그머니 일어나 "그럼, 난 갈게" 하고는 몸을 돌렸다.

"기다려!"

왜 나 혼자 남아야 하는 거지 싶어 벌떡 일어나는 순간,

앞이 캄캄해졌다. 땅이 꺼진 것처럼 몸이 붕 뜨는 느낌. 손끝은 싸늘하게 체온을 잃어 가는데, 얼굴은 화끈 달아오른다. 왔네, 역시 왔어.

나는 의자에 다시 앉아 사방을 돌아보았다. 몇 사람이 조용히 쑥덕거리고, 안내 창구 사람도 조심스럽게 나를 쳐다보고 있다. 또, 또 이 꼴이다. 분노가 조금씩 잦아드는 대신 찾아온 가벼운 현기증에 나는 머리를 누르면서 한숨을 푹 내쉬었다.

스포츠센터에서 나온 후에도 분노의 찌꺼기가 남아 있는 탓인지, 기분이 별로 좋지 않았다. 집에 돌아가 쉬자 싶어 역으로 걸어가는데, 지난번에 야마조에 씨가 추운 밖으로 끌고 나갔던 일이 생각났다.

그는 어떻게 내 감정의 미세한 변화를 알아차렸을까. 나 자신도 몰라서 이렇게 요가를 하러 왔는데. 그날, 공터에서 잡초를 뽑고 재스민차를 마시다 보니 나도 모르게 분노가 가라앉았다.

아, 그렇지. 여기는 회사 근처다. 그 공터에서 잡초를 뽑으면 분노의 찌꺼기쯤 사라질지도 모른다.

나는 역을 지나 회사 근처에 있는 공터로 향했다. 공터에는 그날만큼이나 잡초가 많았다. 이 추위에도 죽지 않고 살아 있다니 어마어마한 생명력이다. 그런 생각을 하면서 공터 한 모퉁이에 주저앉아 무심히 잡초를 뽑고 있으려니, 마음이 후련해진다. 잡초가 흙에서 쑥 뽑히는 감촉이 좋다. 회사 주변에는 사무실과 소규모 공장밖에 없어서, 주말이면 고요하다. 그 고요함 속에 풍기는 풀 냄새도 싸늘한 공기도 내 몸을 마침 알맞게 식혀 주었다.

집에 가면 바로 아미에게 문자를 보내 사과하자. 생일 축하해, 역시 몸이 좀 안 좋았나 봐. 공손히 사과하면 아미는 용서해 주리라. 다음에 생일 축하도 하고 사과도 할 겸 점심을 같이 먹자고 하자. 문제없을 거야. 다시 사이좋은 관계로 돌아갈 수 있을 거야. 그렇게 속으로 말하고 있는데,

"거기서 뭐 하는 거예요?"

하는 목소리가 들렸다.

"에?"

놀라서 돌아보니, 뒤에 야마조에 씨가 서 있었다.

"후지사와 씨, 공터 청소하는 건가요?"

"아니, 음…… 그런 셈인가."

잡초를 뽑는 데에만 정신이 팔려 사람의 기척을 느끼지
못했다.

"일요일에?"

야마조에 씨는 미심쩍다는 눈초리로 나를 쳐다보았다.

"음, 그게, 좀 짜증이 나서……."

"짜증 난다고 이런 데까지 와서 잡초를?"

"음, 다 끝났어요."

얼마든지 더 뽑을 수 있지만, 이상한 사람이라 여겨지면
곤란하다. 나는 손에 묻은 흙을 털고 일어났다.

"쓰레기봉투, 창고에서 가져올게요."

야마조에 씨가 사무실에 가서 봉투를 들고 나왔다.

"잡초 뽑은 다음 일까지는 생각 못 했네."

쓰레기봉투에 잡초를 담는 야마조에 씨를 바라보면서 나
는 중얼거렸다.

"공터라고 뽑은 잡초를 그대로 놔두면 안 되죠. 그리고 후
지사와 씨, 이거 뿌리까지 뽑지 않았잖아요."

야마조에 씨가 잡초를 내 앞에 들이댔다.

"그러네요."

"뿌리가 남아 있으면 다시 돋는다고요. 기껏 뽑았는데."

"하아……."

잡초를 뽑는 게 목적이 아니었는데. 나는 그런 생각을 하면서 맞장구를 쳤다.

"아, 혹시 후지사와 씨, 잡초가 다 없어지면 안 되나요? 너무 많이 뽑아도 좋지 않겠는데."

"왜요?"

"싹 없어지면, 스트레스 해소를 못 하잖아요?"

"상관없어요. 어쩌다 근처 스포츠센터에서 요가를 한 다음에 짜증이 나서 왔을 뿐이니까. 잡초는 어디든 흔히 있고. 게다가, 잡초를 뽑고 싶은 건 아니었으니까."

내 대답에 야마조에 씨가 또 이상하다는 표정을 지었다.

"후지사와 씨, 요가 하면서 짜증 났어요?"

"정확하게는 요가를 한 다음이지만."

"요가는 심신에 좋다고 들었는데, 그렇지도 않나 봅니다."

내 탓에 요가에 대한 인상까지 나빠지는 것은 좋지 않다. 내가 조금 전에 있었던 일을 얘기하자, 야마조에 씨는

"PMS 탓이군요."

하고는 쓰레기봉투를 들고 사무실 쪽으로 걸어갔다. 나도 어영부영 그 뒤를 따라갔다.

"그래도, 당한 친구가 안됐네요."

"그러게 말이에요…… 내가 나빴지."

그렇다. 오늘이 생일인데, 기분이 안 좋았을 것이다. 빨리 사과해야겠다.

"후지사와 씨가 멋대로 지껄이는 모습, 눈에 선하네요."

"평상시의 나는, 사람들에게 여러 가지로 신경을 많이 쓰는 편인데……. 하긴, 다들 그런가."

학생 시절에 나는, 하고 싶은 말을 자유롭게 다 하는 사람이 부러웠다. 그러지 못해서 PMS 때 그 여파가 폭발하는지도 모르겠다고 생각했다. 그런데 사회로 나와 관계하는 사람도 많아지면서, 정말 하고 싶은 말을 거침없이 하고 자유롭게 하는 사람은 얼마 없다는 것을 알았다. 있는 모습 그대로 사는 것처럼 보이는 사람도 그 강한 자기를 유지하기 위해 어떤 면에서는 무리를 하고 있었다. 타인의 의견이나 생각을 고려하지 않고 자기 마음의 움직임만 따르며 행동하는 사람은 아주 드물다.

다만 상대에 따라 자기 마음의 빗장을 푸는 경우는 있을지도 모르겠다. 나는 야마조에 씨가 나를 싫어하면 어쩌나, 괜히 나 때문에 신경을 쓰게 되면 어쩌나 하는 생각이 전혀 없다. 어떤 사람으로 여겨지고 싶은지, 그런 생각도 떠오르지 않는다.

"편리하네요. 하고 싶은 말을 하면서 병을 핑계 삼을 수 있으니까."

야마조에 씨가 핀잔이 아니라 솔직하게 한 말인데,

"공황장애도 가끔 활용할 수 있잖아요? 가고 싶지 않은 곳에 가자고 하면 발작할 수도 있다고 거절하면 되니까."

나도 생각나는 대로 받아쳤다.

"나는 공황장애에 대해서 사람들에게 말을 안 했고, 애당초 어떤 곳에도 가고 싶지 않아서 안 가는 거죠. 그리고 가자는 사람도 없습니다."

야마조에 씨는 회사 앞 쓰레기장에 봉투를 내려놓고, 사무실 문을 잠그러 갔다.

"어, 그런데 야마조에 씨는 뭐 하러?"

"뭐 하러요?"

"일요일인데 회사에 왜 왔냐고요?"

"아아, 정리할 일이 좀 있어서."

구리타금속은 직원이 많지 않아 전원이 열쇠를 갖고 있다. 하지만 야근을 하거나 휴일 근무를 하는 사람은 없다.

그런데, 일요일에 회사를 오다니 이상하다.

"그래서 일부러?"

내가 그렇게 묻자,

"공황장애라서요."

하고 야마조에 씨가 대답했다.

"공황장애 환자는, 평일에는 일할 의욕이 없는데 쉬는 날
에는 회사에 나오고 싶어지나요?"

"후지사와 씨, PMS라고 아무 말이나 해도 되는 건 아니죠."

야마조에 씨는 문이 잘 닫혔는지 확인하고는 열쇠를 주
머니에 집어넣었다.

"맞아요. 그냥 말해도 된다고 판단해서 한 건데."

야마조에 씨에게 PMS라는 말을 해서인지, 상대가 야마조
에 씨라서인지, 아무튼 무슨 말을 해도 받아 주리라는 것을
안다. 그리고 그렇게 안다는 것이 마음을 넉넉하게 해 주고
있다.

"이틀을 다 쉬면 월요일에 힘들잖아요. 몸이 휴식에 익숙
해져서."

"알 것 같기도 하네."

"억지로라도 볼일을 만들어서 밖에 나가지 않으면, 정말

집에서 잠만 자거든요. 그래서 토요일이든 일요일이든 하루는 밖에 나가 생활 리듬을 유지하려고 회사에 온 겁니다."

"그렇다면 좀 더 재미있는 곳에 가지…… 아, 그렇지. 재미있는 일이 없다고 했지. 그래도 그렇지, 회사에?"

"규칙이 없으면 움직이게 되지 않으니 그렇죠. 후지사와 씨도 말했지만, 나는 평일에 일을 잘 못 하니까, 쉬는 날에는 창고를 정리한다는 규칙을 만들까 해서요. 그러면, 꼭 해야 하는 일이니 몸이 움직이거든요."

"아하……. 야마조에 씨, 사실은 부지런한 사람이었네요."

집을 향해 걸어가는 야마조에 씨 옆을 자연스럽게 걸어가면서 나는 말했다.

"그런데 창고, 언제나 깨끗하잖아요."

"그렇죠."

"그래서 간단히 청소하는 정도밖에 할 일이 없지만요. 그럼, 여기서. 내일 보죠. 아, 내일은 결근인가요?"

역이 보이자 야마조에 씨가 물었다.

"아니요. 오늘밤이 힘들겠죠."

"그렇군요. 그럼."

야마조에 씨가 역의 북쪽으로 걸어갔다.

부적 세 개 가운데 히요시신사의 부적은 상당히 호화로 웠다. 어쩌면 1년을 잘 보내라는 기원 외에, 야마조에 씨에 대한 감사의 마음도 담겨 있을지 모르겠다.

10

/

그
남
자

방에 들어와 짐을 내려놓는다. 손을 깨끗이 씻고 양치질
도 꼼꼼히 한다. 공황장애의 천적은 몸 상태가 안 좋은 것이
다. 감기에 걸려 몸이 다운되면 발작도 잘 생긴다. 나는 가
습기를 켜고 밥상 앞에 앉았다.

저녁은 돌아오는 길에 편의점에 들러 산 칼로리바. 늘 한
개면 충분한데, 오늘은 배가 고팠다.

아, 그렇군. 후지사와 씨가 뽑은 잡초를 치웠기 때문인가.
게다가 주절주절 얘기하면서 걷느라 에너지를 사용했는지
도 모른다. 그렇게 생각하다가, 불쑥 깨달았다.

공황장애를 앓게 된 후로, 사람과 함께 걷는 것을 가급적

피했다. 도중에 기분이 나빠질까 불안해서였다. 혼자면 바로 집에 갈 수 있고, 쉴 만한 장소를 찾아 웅크리고 있으면 된다. 그러나 누가 같이 있으면 그럴 수 없다. 자기 페이스대로 움직일 수 없으면 스트레스가 심하다. 그런데 후지사와 씨가 옆에 있는데도 아무렇지 않았다.

후지사와 씨는 내가 공황장애라는 걸 알아서 아무렇지 않은 것일까. 아니지, 예전에 사귀었던 지히로도 알았다. 지히로는 내가 공황장애라는 걸 처음 털어놓은 상대다. 몇 번이나 큰 병원에 가 보라고 권했고, 금방 좋아질 거라면서 힘을 실어 주기도 했다.

지히로와는 1년 이상을 같이 지낸 셈이라 있는 그대로의 내 모습을 보였고, 우는소리도 하고 약한 마음도 토로했다. 하지만 지히로 앞에서는 평소의 나이고 싶었다. 실수를 하거나 무슨 잘못을 해서 수치스러운 것은 괜찮아도, 이유 없이 발작을 일으키고 쓰러지는 모습은 보이고 싶지 않았다. 치료될 가능성이 없는 병을 안고서 지히로 옆에 있자니 괴로웠다. 걱정과 연민과 격려와 위로. 고맙지만, 매일 그런 말을 들으려니 중압감이 컸다.

지히로 역시 그런 나를 어떻게 대하면 좋을지 고민이 큰 눈치였다. 같이 있으면 즐거웠다. 얼굴만 봐도 마음이 편해졌다. 그런데 공황장애를 앓고부터는 지히로를 만날 때마다 긴장했다.

지금은 지히로를 만나고 싶다는 생각이 없어졌다. 그러나 공황장애만 아니었다면 지금도 함께이지 않을까 하는 생각은 한다. 지히로가 있고, 일을 계속하고, 친구들과 교류하고, 내 마음대로 움직일 수 있는 나날. 공황장애만 아니었다면, 그 관계가 어디까지 진행되었을까. 스물다섯 살. 앞날이 기대되고, 하고 싶은 일이 넘쳤을 것이다. 그만 생각하자. 어쩌면 그랬을지도 모르는 자신의 모습을 그려 봐야 아무 소용이 없다.

한편, 후지사와 씨와 같이 있어도 아무렇지 않은 것은 조금도 좋아하지 않기 때문이다. 그러니 갑자기 발작을 하든, 같이 있는 동안 기분이 나빠지든 별 상관없다고 생각할 수 있는 것이다. 후지사와 씨도 나를 좋아하지 않으니 공황장애를 별 문제시하지 않는 것이리라. 피차 호감이 없는 사이는 이렇게 편한 거구나. 이성과 있을 때의 기분 좋은 설렘도 없고, 희미한 기대감조차 없는 상대. 후지사와 씨가 그렇다.

그런 결론에 도달하고는 "그래도 그런 말은 실례지" 하고 혼자 중얼거렸다.

후지사와 씨 생각을 한 김에 밥상에 부적을 꺼내 놓아 보았다. 귀찮아서 어디다 집어넣어 두었는데, 생각을 좀 해 보는 것도 좋을 듯하다.

오하라신사의 부적은 후지사와 씨가. 히요시신사의 부적은 누가 보냈는지, 후지사와 씨는 짐작이 간다고 했다. 나도 어렴풋이 알 것 같다. 나머지 이세신궁의 부적은 누가 보낸 것일까. 이 부적만 우편 봉투에 들어 있었다. 내 이름을 쓴 필적을 어디선가 본 듯하기도 하다. 미에현에는 아는 사람이 없으니, 여행을 갔다가 이세신궁에 들린 사람이 보냈을 것이다.

친하게 지냈던 아오키와 이시자키. 걱정하면서 몇 번 연락을 주었지만 부적까지 보낼 것 같지는 않고, 그들이었다면 한마디 말을 덧붙였을 것이다. 지히로와는 연락도 하지 않는다. 예전 직장 사람들도 마찬가지다.

내 주소는 쓰면서 왜 자기 이름은 쓰지 않았을까 싶어 다시 한 번 봉투를 자세히 들여다보았다. 깜박 잊은 것일까. 자기 이름을 쓰는 것은 기본 중의 기본인데, 이 부적을 보낸 사람들은 모두 이름을 적지 않았다. 아하! 자기가 뭘 했는지를 드러내는 것은 중요치 않다.

"누가 했는지는 아무 의미 없잖아. 뭘 했는지가 중요하지."

그 사람은 그런 말을 자주 했다. 그 말이 떠오르자, 내 가슴에 봇물이 터진 것처럼 뜨거운 파도가 일었다.

다음 날, 일이 끝나 돌아오는 길.

"부적에 대해서 생각하는 거, 이제 그만하죠."

내가 그렇게 말하자, 후지사와 씨는 '일부러 그런 말을 하다니' 하는 놀란 표정을 보였다.

"뭐, 일단은 얘기를 해 두자 싶어서."

"그렇구나……."

"생각해 봐야 헛수고니까, 좀 이상한 사람의 짓인가 보다 하는 선에서. 후지사와 씨 같은 사람이 의외로 있네요."

하는 내 말에, 후지사와 씨가 진지한 얼굴로 대답했다.

"나는 조금도 이상하지 않은데."

물론 후지사와 씨는 조금도 이상하지 않다. 일은 정확 신속하게, 언행은 조심스러워 튀는 법이 없다. 그러니 PMS로 폭발했을 때 놀랐고, 머리를 자르러 왔을 때는 더 놀랐다.

"후지사와 씨, 평소에는 대략 정상인데, 가끔 아주 이상하잖아요."

"그런가……."

후지사와 씨가 걸음을 늦추고 고개를 갸웃거렸다.

"후지사와 씨는 부적이든 만두든 우편함에 넣을 것 같은데."

"설마. 남몰래 야마조에 씨를 흠모하는 여자가 넣었을 거라고 생각했는데."

후지사와 씨가 그런 농담을 했다.

장대한 프로젝트라고 호언했던 후지사와 씨가 뜻밖에 두말 않고 동조해 주어 안심한 나는,

"그런 사람이 있을 리 없죠."

하고 웃었다.

"그래도, 전에는 있지 않았나요?"

"있었죠. 예전의 나는 지금과 완전 다른 사람이었으니까. 명랑하고 일도 잘하고 적극적이고 행동력도 있어서, 주말이면……."

"아, 그 말, 전에도 들었으니까……."

후지사와 씨가 의기양양하게 말하는 나를 제지했다.

"야마조에 씨, 예전의 자기를 엄청 좋아하나 보네."

"지금과 비교하면 어쩔 수 없이 그렇게 되네요."

안타깝지만 후지사와 씨 지적대로, 나는 예전의 내가 좋다. 하는 일은 보람 있었고, 휴일도 충실하게 보냈다. 회사의 일원으로 매일을 활기차게 보내고 있다고 자부할 수 있었다. 과거의 영광에 매달리는 것은 꼴사납다. 충분히 알지만, 지금의 나와는 하늘과 땅 차이다.

"후지사와 씨는 예전의 자기가 좋지 않나요? PMS 증상이 나타나기 전의 자기가."

"그때는 어린아이였고……. 게다가 예전의 내가 뭐 대단했던 것도 아니어서. 하지만 지금이 좋은 때도 조금은 있잖아요? 음, 자기에 대해서 찬찬히 생각하게 되었다거나, 무리하지 않게 되었다거나……. 공황장애 덕에 그런 부분도 있지 싶은데."

간혹 그런 의견을 듣는다. 공황장애 덕분에 자신을 돌아보게 되었다는 둥, 환경을 바꾸는 계기가 되었다는 둥, 자기를 정말 생각해 주는 사람이 누군지 알았다는 둥.

하지만 나는 매일이 우울할 뿐, 공황장애 덕에 좋은 일은 하나도 없다. 병을 내세워 자기를 생각해 주는 사람이 누군지 선별하는 오만함은 없고, 나 자신을 돌아본들 증상은 경감되지 않는다.

"PMS도 좋은 점이 있어요?"

"음, 글쎄요. PMS 때문에 요가도 하고 필라테스도 하고, 여러 가지를 많이 해서 몸이 좀 유연해졌나. 옛날에는 몸이 딱딱하게 굳어 있었는데, 지금은 다리를 180도로 벌릴 수 있어요."

후지사와 씨가 자랑스럽게 그렇게 말해서 나도 이렇게 대답했다.

"하긴 나도 공황장애 덕분에 밖에 나가지 않아서 돈을 헤프게 쓰는 일이 줄었네요. 월급은 확 깎였는데 저금은 늘었어요."

포인트가 어긋난 느낌도 들지만, 곤란한 상황에서 얻는 것은 사실 현실적인 요소일지도 모른다. 아무리 그래도 그렇지, 유연성과 저금이라니. 우리는 서로의 얼굴을 쳐다보고는 피식 웃었다.

"그럼, 내일."

역 앞에서 후지사와 씨에게 머리를 숙이고는 그대로 모퉁이를 돌았다. 오늘은 병원에 가는 날이다.

한 달에 한 번, 정신건강의학과에 간다. 진료 시간은 5분 정도. 그저 습관적으로 갈 뿐이다.

"안녕하세요."

슬쩍 머리를 숙이고 예약을 확인하자, 접수창구 직원이 살포시 미소 지으며 말했다.

"야마조에 씨 오셨어요. 안으로 들어오세요."

예약제라서 기다리지 않고 바로 진찰실로 들어간다.

"어떠세요, 요즘은?"

"그냥 그렇습니다."

"일은요? 순조로운가요?"

"네, 뭐, 그런대로."

"한 달 사이에 힘들어진 경우는 줄었는지요?"

"비슷합니다."

이사하면서 병원을 바꿔, 이 병원에 다닌 지 2년. 40대 후반의 남자 의사는 매번 똑같은 질문을 기계적으로 할 뿐, 해결책을 제시하는 법은 없다. 처음에는 어떤 부분이 치유의 실마리가 될지 알 수 없고, 작은 변화라도 알아주었으면 하는 마음에 그간의 일을 시시콜콜 늘어놓았지만, 1년이 지나며 이곳은 그런 장소가 아니라는 것을 알았다. 자기 상황을 설명해 본들 공황장애는 낫지 않는다. 약을 받기 위한 절차를 밟기 위해 얘기를 나눌 뿐이다. 다음 환자도 있으니 빨리 끝내는 편이 좋다. 그래서 요즘은 단답형으로 대답한다.

"음. 약을 조금이라도 줄여 볼까요?"

매번 마지막에는 슬쩍 그렇게 묻는다. 의존하게 될 수도 있으니 줄일 수 있을 것 같으면, 이라면서. 내가 "아직 무리일 것 같습니다" 하면 의사는 "그래요, 그렇군요" 하고는 바로 제안을 거둬들인다. 앞으로 10년이나 20년. 약으로 버텨 가면서 지내는 나날이 계속된다.

"약이 얼마나 남았죠?"

"알프라졸람 8알이요."

"음, 그럼 다음 달까지……."

남은 약의 양을 확인하고 다음 예약 날짜를 정하면 진료는 끝. 처방전을 받는 게 다인데, 왜 병원에 다니는지 의미를 모르겠다. 나는 언제나 발작과 헤어질 수 있을까. 병원이 아니면 다른 어디서 고칠 방법을 찾을 수 있을까.

"그럼, 다음 달에."

"감사합니다."

진찰실에서 나오는데, 로비로 들어오는 다음 환자가 보였다. 서로 눈을 내리깔고 인사는 하지 않는다. 비슷한 문제를 안고서 같은 의사에게 진료를 받는데, 환자끼리 대화를 나누는 일은 없다. 정신건강의학과 로비에는 대화가 없다.

나는 진료비를 지불하고 재빨리 병원에서 나왔다.

11

"하고 싶은 말이 있으면 해."

"'네'인지 '아니요'인지 분명하게 전할 수 있어야지."

얌전했던 나는 초등학교 시절부터 그런 소리를 자주 들었다.

중학교에는 상담 선생님이 있었다.

"무리를 하니까 힘든 거야. 평소에 조금씩이라도 자기 의견을 드러내도록 해."

그 선생님도 그렇게 조언했다.

참는 건 아니라고 하자, 선생님은

"아주 작은 일이라도 좋으니까 마음속에 있는 생각을 말로 꺼내 보자."

라고 했다.

고등학교 때 찾아간 산부인과 의사도 비슷한 말을 했다. 참는 건 좋지 않다. 주위 사람들 눈치를 보지 마라.

많은 사람들이 엇비슷한 말을 해 주었지만, 나의 내면은 쉽게 변하지 않았다. 아무도 나를 보고 있지 않다. 사람들 눈을 일일이 의식하는 것은 자의식 과잉이다. 그렇게 알고는 있어도, 사람들이 나를 어떻게 여길지 염려되어 언행이 어색해진다. 그래도 어른이 되면서 상황을 원활하게 이끌어 가기 위한 말이 입에서 나오고 행동도 다소 명랑해졌다. 그렇다고 아무 생각 없이 자유로워진 것은 아니다. 어쩌면 내 안에는 사람에게 전하고 싶은 생각도 의견도 없는지 모른다.

"미사, 벌써 스물여덟이잖아."

전에 아르바이트하던 곳에서 친해진 마나미와는 한 달에 한 번 정도 만나 저녁을 먹거나 쇼핑을 한다. 지난달에 결혼한 마나미는 남편 친구를 소개해 주겠다고 야단이지만, 나는 그다지 내키지 않는다.

"괜찮아, 아직."

"아직이라니, 미사는 결혼하고 싶지 않아?"

평생 독신으로 살고 싶은 것도, 지금 하는 일에 푹 빠져 있는 것도 아니다. 그런데도 결혼은 아직. 왠지 그렇게 생각된다.

"아직, 해 놓은 것도 없고."

"그런 건 결혼한 다음에도 얼마든지 할 수 있어. 나도 그렇고."

마나미는 디저트로 케이크를 주문한 다음 그렇게 말했다.

과연 그럴까. 혼자여서 할 수 있는 일도 있다. 결혼했다고 생활이 변하지는 않는다고들 하지만, 자기를 단단히 붙들고 있는 사람이나 그렇다. 나는 그러지 못할 것 같다.

"그래서, 하고 싶은 게 뭔데?"

"그게 뭔지는 잘 모르겠지만, 지금 회사에서도 딱히 쌓은 게 없으니까."

사회인이 되었지만, 나는 뭐 하나 이룬 게 없다. 하루하루를 그냥저냥 지낼 뿐이다. 대단한 일을 할 수 있는 것도 아니고, 야망도 없다. 하지만 지금 이대로 결혼해도 될까 하는 불안감은 있다.

"미사가 하고 싶은 게, 일이 아닌 거 아냐? 결혼해서 가정을 꾸리면 충실감도 얻게 될지 모르잖아."

"흠, 글쎄."

"혼자 먹으려고 밥 짓는 건 귀찮지만, 누군가를 위해 짓는 건 즐겁다고."

마나미는 무척 행복해 보인다. 여유로움과 따뜻함이 말에 배어 있다. 하지만 나는 혼자 사는 동안에, 다소나마 스스로를 인정할 수 있는 일을 하고 싶다.

"그래, 결혼은 서두르지 않는다 치고, 애인은 있겠지?"

"그게, 좀 신경 쓰이는 일도 있고……."

"뭐였지? 아, 생리."

"응……. 그것도 있고."

PMS라고 해서 사람을 사귈 수 없다고 생각하는 것은 아니다. 하지만 설명하고, 이해를 구하고, 상대가 놀라면 사과하고, 조금씩 거리를 좁혀 가서……. 그런 과정을 생각하면 귀찮아지고 만다. 그렇게까지 하면서 한 사람과 함께하자니 힘겹다.

"그게 무슨 문제야. 그리고 환경이 바뀌면 언제 그랬냐는 듯이 나을 수도 있다고. 앞날은 알 수 없는데 그런 걱정을 왜 해."

"그래, 그럴지도 모르지."

할 수 있는 갖가지를 다 해서 겨우 지금이 있다. 환경이
변했다고 고쳐질 리 없다. 그래도 이렇게 걱정해 주는 친구
가 고맙다.

"잘 생각해 봐. 지금 이대로 나이만 먹는 거, 서글프잖아."

"그건 그렇지."

"그것 봐. 결혼은 좋은 거야."

그리고 마나미는 결혼 생활 얘기를 했다. 풍족한 것은 아
니지만, 작은 일에도 기뻐진단다. 그렇게 얘기하는 마나미
가 정말 충족되어 보인다. 아르바이트를 할 때는 서로가 어
중간한 상황을 답답해했는데, 마나미는 지금 꼿꼿하게 서
있다.

그러나 지금의 내가 누구와 생활을 함께하면서 같은 충
족감을 얻을 수 있을 것 같지는 않다. 혼자인 지금, 좀 더 해
야 할 일이 있는 듯하다. 하지만 뭘 이루면 앞으로 나아가자
는 마음이 들까. 목표 없이 살아온 탓인지, 전혀 모르겠다.
이대로 살면 안 되는데. 그것 하나만 알고 있다.

12

/

그
남
자

2월 들어 흐린 날이 계속되었다. 토요일, 오랜만에 햇살이 비쳤다. 날씨가 좋으면 정말 좋다. 공황장애를 앓으면서 맑은 날의 고마움을 절실히 느끼게 되었다. 태양 빛은 인공적인 빛과 달리 몸속까지 파고들어 밖으로 나갈 에너지를 채워 준다. 오랜만에 날이 맑은데 오늘은 몸을 움직여야지. 늘 똑같지만 창고 정리라도 할까. 그런 생각으로 회사에 나가 사무실 문을 열었다.

"말도 안 돼⋯⋯."

나도 모르게 그런 말이 나왔다. 안에 후지사와 씨가 있었던 것이다.

"뭐 하는 겁니까?"

"사무실 정리 좀 하려고."

"하아…… 토요일인데?"

늘 잡다한 물건으로 어지러운 사무실이 절반 정도 정리되어 있다.

"누가 있으면 대대적으로 할 수 없으니까, 쉬는 날이 좋을까 해서."

"그래요. 그럼……."

모처럼 쉬는 날에 출근했다. 나는 나대로 움직이고 싶다. 창고로 가려는데, 후지사와 씨가 불렀다.

"어디 가요? 도와주지 않고."

"도와줘요?"

"작은 물건은 대충 정리했고, 테이블이나 컬러 박스처럼 사용하지 않는 가구는 밖에 내놓으려는데."

"후지사와 씨, 설마 내가 올 거라고 예상하고 있었나요?"

"오면 좋겠다고는 생각했죠. 오전 중에 자질구레한 거 정리하고, 덩치 큰 건 같이 옮기면 좋겠다고……. 저기 있는 저것들."

후지사와 씨가 사무실 구석에 놓인 가구를 가리켰다. 낡은 컬러 박스와 조그만 선반. 사용하지 않는데 줄곧 거기에 너저분하게 놓여 있다.

"싫습니다. 나는 누구와 함께 작업하려고 온 게 아니라고요."

"그래도, 무거운데. 그러지 말고 같이 내놓아요."

정말 자기 멋대로다. 하지만 창고 정리는 바닥 쓸고 물건 좀 정리하면 끝이다. 사무실 정리를 하는 편이 훨씬 의미가 있다.

"쳇, 할 수 없네요."

그렇게 말하면서 나는 후지사와 씨와 낡은 선반을 밖에 내놓고, 몇 가지 가구를 옮기고, 마지막에는 그 바람에 먼지가 앉은 책상을 걸레로 닦았다.

"후우……. 야마조에 씨, 고마워요."

후지사와 씨가 수건으로 땀을 닦으면서 말했다.

"아니요, 시켜서 억지로 했을 뿐이니까."

가구 이동에 닦는 청소. 1시간 가깝게 몸을 움직인 덕분에 사무실이 추운 데도 땀을 흘리고 있다.

"아, 괜찮아요? 꽤 많이 움직였는데, 발작 안 해요?"

지금 와서 새삼스럽게. 그렇게 생각하면서도 나는 고개를 가로저었다.

"집중할 때는 자기 몸을 잊을 수 있어서 그런지, 의외로 발작을 안 합니다."

"그 말은, 늘 무언가에 집중하면 된다는 뜻이네요."

"뭐에 집중할까요?"

꼭 집중해야 할 일이 눈앞에 있는 것도 아니고, 무언가를 잊어버릴 정도로 몰두할 일도 없다.

"음, 없네. 응, 없어요."

후지사와 씨가 웃었다.

"그보다, 후지사와 씨 웬일이에요? 갑자기 정리한다고 이 난리를 벌이게."

"특별한 이유는 없는데, 친구랑 결혼 얘기를 한 탓인지, 뭐라도 해야겠다는 생각이 들어서…… 마냥 이대로 지내는 게……."

"후지사와 씨, 결혼하나요?"

"아니요, 그럴 예정은 없지만."

"그렇겠죠."

내가 그렇게 대꾸하자, 후지사와 씨가 눈썹을 찡그렸다.

"그 말, 무슨 뜻이죠?"

"애인이 없어 보여서."

"왜요?"

"애인이 있으면 애먼 남자 집에 머리를 잘라 주겠다고 들이닥치지도, 부적을 우편함에 넣지도 않을 테니까요."

"남자가 아니라 야마조에 씨잖아요. 아, 참, 나 빵 사 왔는데. 그리고 음료도. 좋은 거 골라요."

후지사와 씨가 봉지에 든 것을 테이블에 꺼내 놓으면서 말했다.

샌드위치, 소금빵, 호빵, 멜론빵, 호두빵. 디카페인 홍차에 재스민차. 탄산음료에 사과주스와 오렌지주스. 대체 내가 얼마나 많이 먹는다고 생각하는 거야. 아, 아니다. 이 사람은 좋아하지 않는 상대를 위해서도 무의식중에 이 정도를 준비한다.

"잘 먹을게요."

나는 샌드위치와 홍차를 고르고 의자에 앉았다.

"야마조에 씨는 평생 혼자 살 거예요?"

후지사와 씨가 호두빵을 먹으면서 물었다.

"글쎄요."

평생 그럴지는 모르겠지만, 타인과 함께 있으면 발작할

가능성이 높아진다. 고독과 죽을 것 같은 고통. 그나마 고독은 견딜 수 있다.

"앞으로도 계속 지금 이대로?"

"무슨 문제 있습니까?"

"아니, 없어요."

"나는 혼자 있는 게 적성에 맞습니다."

"남몰래 기도해 주는 사람이 꽤 있는데."

후지사와 씨가 말했다.

남몰래 기도해 주는 사람. 나의 앞날이 행복하기를, 이름도 밝히지 않고 부적을 보내 주는 사람은 있다. 그러나 나는 그 사람들에게 아무런 보답도 할 수 없다. 그런 생각이 들자 마음이 착잡해져, 슬쩍 농담을 하고 말았다.

"후지사와 씨를 말하는 건가요? 부적을 줬으니 고마워해라?"

"아, 그렇네. 나는 그렇게까지는 빌지 않았는데. 나를 잊고 있었네."

후지사와 씨와 얘기하다 보면 긴장이 풀린다. 땀 흘려 일한 덕분에 배가 고팠다. 나는 오이샌드위치에 이어 달걀샌드위치를 집어 들었다.

13

/

그
여
자

일요일, 혼자서 영화를 보러 갔다. 갑자기 영화가 보고 싶어 검색하다 〈보헤미안 랩소디〉가 눈에 띄었다. 그러고 보니 오래전이지만, 사장도 오랜만에 영화관에서 봤는데 좋았다고 했고, 스미카와 씨도 아이 데리고 갔다가 2시간 내내 울었다고 했던 기억이 났다. 바로 얼마 전에도 광고를 했던 것 같은데, 벌써 1년 전에 개봉한 영화다.

퀸의 음악은 유명한 곡밖에 모르고, 프레디 머큐리가 인도에서 어린 시절을 보냈다는 건 영화를 보고 처음 알았다. 그런 사전 지식이 없는데도 영화에 흠뻑 빠졌다. 영화가 끝난 후에도 머릿속에 노랫소리가 울리고, 온몸이 상쾌한 흥분감으로 가득했다. 아, 잘 봤네. 영화관에서 나와서도 감동이 식지 않았다.

영화는 혼자 보는 일이 많다. 감상을 나누는 데 서툴고, 내가 원하는 시간에 보고 싶은 영화를 보고 그대로 집에 돌아가는 게 좋다. 그런데, 이 영화는 다르다. 혼자서는 이 감동을 소화할 수 없을 것 같았다. 사장과 스미카와 씨가 목소리를 높여 가며 얘기했던 그 기분, 이해가 간다. 누군가에게 전하고 싶어지는 영화다. 정말 좋았다. 그 말만이라도 지금 당장 누군가에게 하고 싶었다.

마음속에 있는 말은 뭐가 되었든 얘기하는 게 좋다. 불만과 불평을 참고 쌓아 두면 스트레스가 된다. 의사는 그렇게 말했다.

주장이나 의견은 말로 해야 한다. 자기 기분을 타인에게 전하는 것은 중요한 일이다. 선생님들도 늘 그렇게 조언했다.

나 역시 자기 생각을 표현해야 한다고 늘 생각해 왔다. 그리고, 그러지 못하는 나 자신에 실망하곤 했다. 그런데, 전하고 싶은 것은 주장이나 의견만이 아니다.

마음에 쌓인 것이 전부 불만도 아니고, 꺼내고 싶은 말이 전부 주장인 것도 아니다. 감동과 흥분도 전하지 못하면, 자

187

기 안에 남는다. "영화, 정말 좋았어." 그 한마디를 누구에게든 전하지 않을 수 없었다.

그래도 아직 보지 못한 사람에게 말하기는 좀 그렇다. 게다가 전하고 싶은 마음은 굴뚝같지만, 감상을 풀어놓기는 좀 부끄럽다. 아, 누가 있을까……. 친구나 가족, 아니, 아니다. 영화를 볼 예정이 없고, 더불어 무슨 말을 하든 태연한 상대가 필요하다. 거기까지 생각하고는 역으로 뛰어갔다.

전철에서 생각나는 대로 퀸의 곡을 휴대전화에 다운로드했다. 〈보헤미안 랩소디〉 〈위 일 록 유〉 〈돈트 스톱 미 나우〉. 퀸의 음악을 즐겨 들었던 것도 아니면서 곡명을 검색창에 찍기만 해도 기분이 들떴다.

역에 도착하자 두 다리가 거의 꼬이다시피 헐레벌떡 뛰었다. 벨을 누르자, 야마조에 씨는 집에 있었다. 언제 가든, 거기에 있다. 외출을 잘 못 하는 건 안 됐지만, 이런 때는 공황장애가 고맙다.

"오늘은 또 뭡니까? 벌써 10시인데."

야마조에 씨가 성가신 표정으로 말했다.

"금방 끝나니까 들어가도 돼요?"

"하아."

당황하든 말든 방 안으로 들어가 밥상에 휴대전화를 꺼내 놓았다.

"또 뭐가 시작되는 거죠?"

"나 영화 보고 왔어요. 〈보헤미안 랩소디〉."

"얼마 전에 얘기를 듣기는 했는데."

"야마조에 씨, 못 봤죠? 전철도 못 타고, 영화관에도 못 들어가니까 앞으로 볼 예정도 없죠?"

"뭐, 그렇죠."

"오오, 결말까지 얘기할 수 있는 사람이 있다니."

"무슨 결말이요?"

"영화의 결말이죠. 공항에서 일하던 퀸이 라이브하우스에 갔는데, 거기서 밴드를 만나서."

"바로 스토리로 들어가는 겁니까? 그리고 퀸은 밴드 이름이고, 공항에서 일한 사람은 프레디라고요."

"아무튼. 그 프레디가 밴드와 만나서 노래를 하게 되는데. 그런데 그 노래가 진짜 진짜 대담하고, 재능이 넘치고, 아, 여기 여기."

나는 휴대전화를 켜고 〈보헤미안 랩소디〉를 재생했다.

"설마. 후지사와 씨, 노래하는 겁니까?"

"그럼요. 마마, 우-우-우~. 아, 퀸이 부르면 진짜 최곤데."

나는 노래를 잘 못한다. 하지만 영화를 보고 난 흥분감에 부르고 싶어 근질근질하다.

"후지사와 씨, 음치였네요."

"그래요? 아, 그다음에, 퀸은……."

내가 음악을 틀어 놓고 〈보헤미안 랩소디〉에 대해 설명하는 것을 야마조에 씨는 "그러니까 퀸이 아니라 프레디라니까요"라거나 "투어로 간 곳은 미국이죠" 하고 정정하면서 들었다.

"그리고 마지막에 라이브에이드. 이게 정말, 아아. 너무 감동해서 내 언어로는 설명을 못 하겠네. 직접 듣는 수밖에."

나는 또 휴대전화에서 〈돈트 스톱 미 나우〉를 찾아 틀어 놓았다.

"그 노래는 라이브에이드에서 안 불렀을 텐데."

"그래도 난, 이 곡이 제일 좋으니까. 해비 굿 타임, 해비 굿 타임."

내가 엉터리 영어로 노래하자, 야마조에 씨는 웃음을 터뜨렸다. 다른 사람 앞에서 노래를 하다니, 음악 수업 때 후로 처음이다. 하지만, 이 곡은 마음을 들쑤신다. 나는 가사도 잘 모르는 곡을 적당히 흥얼거렸다.

"좀 심하네요. 완전 엉터리."

말은 그렇게 했지만, 야마조에 씨도 흥얼거리기 시작했다. 맥없이 늘 멍하게 있는 야마조에 씨가 그 빠른 영어 가사를 매끄럽게 불러서 놀랐다.

"우와, 대단하네. 야마조에 씨, 진짜 프레디 같다."

감탄하는 내 옆에서 야마조에 씨는 숨이 넘어갈 듯 낄낄 웃었다.

"아아, 후지사와 씨, 대체 뭡니까?"

"뭐냐니?"

"이렇게, 노래하면서 영화 설명하는 사람 처음 봤어요."

"음악이 있는 영화니까 그렇죠."

"그런데 영어도 음정도 엉망이고. 그런 수준의 노래를 다른 사람 앞에서 잘도 부르네요."

야마조에 씨는 배가 아프다면서도 아직 웃고 있다.

"그보다, 야마조에 씨가 그렇게 〈돈트 스톱 미 나우〉를 잘 부를 줄 몰랐네. 놀랐어요. 가사도 다 알고."

"학생 시절에 밴드를 한 적이 있어서. 퀸도 몇 곡 불렀거든요."

"그랬구나. 진짜 멋지니까, 퀸."

"후지사와 씨, 팬이에요?"

"네. 오늘 팬이 되었어요."

"그렇겠죠."

"그런데, 야마조에 씨 꽤 노래 잘하네요. 다시 한 번 불러 봐요."

"싫습니다. 불쑥 나타나서 머리를 자르더니, 이번에는 프레디 머큐리 흉내를 내라니."

야마조에 씨는 그렇게 말하고는 또 웃었다.

이 사람, 잘 웃는 사람이네. 공황장애가 되기 전의 야마조에 씨가 어땠는지는 모르지만, 지금의 그는 머리를 이상하게 잘라 놓든 프레디 머큐리 흉내를 내라고 강요하든, 웃을 수 있는 사람이다.

"아, 〈돈트 스톱 미 나우〉도 좋지만, 라이브에이드에서는 〈해머 투 폴〉도 부르지 않았나요?"

야마조에 씨가 자기 휴대전화로 음악을 틀었다.

"아아, 들은 것 같네."

"멜로디는 밝지만, 이 노래는 가사가 사회적이에요. 이건 프레디 작곡이 아니라 기타리스트인 브라이언 메이가 쓴 곡이고……. 아, 내가 얘기해도 되나요?"

내 감상은 잔뜩 얘기해 놓고서, 야마조에 씨 얘기를 안 들을 수는 없다. 나는 "그럼요" 하고 대답했다.

"퀸에 대해서 더 많이 알고 싶으니까, 마음껏 얘기해 봐요."

"시간은, 괜찮아요?"

"시간?"

퀸에 대해 얘기하는데 적합한 시간이 있을까 싶어 시계를 보았더니, 11시가 넘었다.

"밤이 늦었는데, 후지사와 씨, 이 방에 있어도 돼요?"

"야마조에 씨, 지금 나 유혹하는 거예요? 나는 그냥 영화의 감동을 전하러 왔을 뿐인데."

"나 역시 퀸 얘기를 하고 싶을 뿐인데. 이런 시간에 남자 방에 있어도 거부감이 없나 해서."

이렇게 맥없는 남자에게 무슨 느낌이 있으랴. 나는 딱 잘라 말했다.

"별로 없는데."

"그럼 됐네요. 나는 꽉실을 먹고 있고, 애당초 후지사와 씨에게는 조금도 관심이 없으니까 안심하시죠."

"꽉실?"

"공황장애 때문에 처방받는 항우울제입니다. 성욕이 감퇴하는 부작용이 있죠. 그 탓인지 공황장애 때문인지 몰라도, 전혀. 아, 후지사와 씨에게는 심신이 너무 건전한 것도 좀 그렇겠지만."

"좀 그렇겠지만? 무슨 뜻이지. 됐어요, 아무튼, 신경 쓸 거 없다는 뜻으로 알아들을게요. 그래서 브라이언 메이가?"

그다음 야마조에 씨가 퀸에 대해 이런저런 얘기를 하고, 퀸의 노래를 몇 곡 같이 들었다. 영화에 등장하지 않은 곡도 있었지만, 프레디의 목소리는 어느 곡에서나 마음을 울렸다.

"아, 후지사와 씨, 이제 그만 가야죠. 마지막 전철이 12시 쯤이었던 것 같은데."

야마조에 씨가 휴대전화로 검색하고는 정확한 시간을 알려 주었다.

"12시 3분이 마지막입니다."

"그러네. 그럼."

여기 역에서 우리 집까지는 세 정거장이다. 멀지는 않지만, 걸어서는 가기 힘들다. 나는 얼른 현관으로 나갔다.

"그럼 내일. 전철 놓치지 말고요."

"음, 알았어요."

야마조에 씨의 말에 등이 떠밀려, 나는 허둥지둥 현관을 나섰다.

밖에는 한층 싸늘한 바람이 불었다. 차갑고 맑은 바람은 겨울 너머에 봄이 있다는 것을 알게 해 준다. 11시 40분이 조금 넘었다. 서둘지 않아도 역까지는 10분 정도면 간다. 기분 좋은 밤이다. 그렇게 생각하면서 걷는데 뒤에서 야마조에 씨가 따라왔다.

"저, 잠깐만요."

"웬일이에요?"

뭘 두고 오기라도 했나 싶어 걸음을 멈췄다.

"역까지 바래다줄게요."

야마조에 씨가 그렇게 말하면서 옆에 나란히 섰다.

"공황장애인데?"

"나도 그래서 집에 있으려고 했는데, 밤도 늦었고, 만에 하나 무슨 일이 있으면 안 되니까."

"나 혼자서도 갈 수 있는데. 그보다 야마조에 씨가 쓰러지면 골치 아프다고요."

"그래도, 후지사와 씨가 역까지 무사히 갈 수 있을까, 그 생각을 하니까 숨이 막히는 것 같아서. 그런 때 가만히 있으면 오히려 발작을 일으킬 수도 있어서요."

"밤길인데 천천히 걷는다?"

"네, 뭐."

"그러느니 차라리 혼자 빨리 가는 편이 위험에 처할 시간이 압도적으로 줄 것 같은데."

역까지 가는 길에는 편의점도 있고, 가로등도 많아서 그렇게 무섭지 않다.

"둘이서 가면 위험할 일이 없으니까, 천천히 가도 됩니다."

"그런가……."

지금은 야마조에 씨보다 내가 더 강하다. 치한이나 날치기가 등장한다면, 빨리 걷기만 해도 헉헉거리는 사람은 대적할 수 없다.

하지만, 천천히 걷는 밤길. 추위가 적당히 좋다. 그렇게 생각했다.

14

그
남
자

후지사와 씨를 바래다주고 돌아와 퀸의 곡을 몇 번이나 들었다.

숨이 차오르고 심장이 불안정하게 뛰는 감각과는 완전히 다른, 가슴이 쿵쿵거리는 이 느낌. 정말 오랜만이다.

후지사와 씨 설명으로는 뭐가 뭔지 알 수 없어서 〈보헤미안 랩소디〉를 검색해 보았다. 1년 전에 개봉한 영화인 듯한데, 아직도 상영하는 영화관이 딱 한 군데 있었다. 노트북 화면으로 예고편을 보는데도 가슴이 뜨거워졌다. 큰 화면으로 보면 얼마나 감동이 클까. 어떻게든 이 영화를 보고 싶다. 동시에 영화관을 상상하자, 몸이 움츠러들었다

어둠 속, 정해진 자리, 도중에 나가기 어려운 분위기. 2시간 이상이나 그런 곳에 있어야 한다. 들어가기 전에 알프라졸람을 먹으면 괜찮을까. 영화관은 그 자체가 움직이는 공간은 아니니까, 여차하면 밖으로 나올 수 있다. 그리고 금방 영화에 빠져 시간 따위는 잊을 수 있지 않을까. 설마. 내 생각 같을 리 없다. 영화관에 가려면 우선 전철을 타야 하는데, 그것부터 벌써 문제다. 공황발작을 우습게 여겨서는 안 된다. 그러지 않기를 바라는 때일수록 얼굴을 내민다.

영화관에서 발작을 일으키면 나는 더더욱 틀어박히게 될 것이다. 지금보다 행동 범위가 좁아지고 공포심은 강해질 것이다. 영화에 대한 기대감과 발작에 대한 불안. 저울질하지 않아도 대답은 명확하다. 지금 그 무엇도 발작의 공포를 이길 수 없다. 이렇게 오기가 없나 싶어 실망스럽다.

후지사와 씨가 잠들어 있던 감정을 일깨우고 말았다. 지난 2년 동안 영화를 보러 가고 싶다는 생각은 단 한 번도 하지 않았는데. 하고 싶은 일이 없어 한탄했지만, 하고 싶은 일이 생겼는데 할 수 없다는 건 더욱 괴롭다. 정말 그 사람은 괜한 짓만 한다.

하지만 오랜만에 음악을 들으며 신났던 것. 노래를 흥얼거리며 마음이 들떴던 것. 프레디 머큐리에 대해 얘기하면서 의기양양했던 것. 모두 발작을 잊을 정도로 즐거웠다.

게다가 혼자 밤길을 걸어가는 후지사와 씨를 걱정한 자신을 보고, 아직 타인을 배려하는 감정이 남아 있어 안도했다. 지금 내게는 나 말고는 아무것도 보이지 않는다고 생각했는데. 공황장애 환자니까, 타인과 깊이 관계할 일도 없으니까, 그래도 상관없다고 여겼다. 그런데, 밤중에 역까지 혼자 걸어가는 후지사와 씨에게 무슨 일이 생기면 어쩌나 하는 불안이 스친 자신에게 왠지 모르게 안도했다.

그리고 무엇보다, 그 사람의 〈돈트 스톱 미 나우〉가 좋았다. 노래하는 후지사와 씨 모습을 떠올리자 웃음이 끓어올랐다.

"맛있는 거……. 야마조에 씨, 레스토랑에 못 가는데. 이거 어쩌죠?"

느닷없이 찾아와 영화 얘기를 했던 다음 날, 회사에서 돌아가는 길에 후지사와 씨가 봉투를 손에 들고 웅얼거렸다.

토요일에 우리가 회사에 나와 사무실 정리를 했다는 걸 안 사장이 엄청나게 감동해서 "둘이 맛있는 거라도 먹어" 하면서 봉투를 건넸던 것이다.

"나는 그냥 좀 거들었을 뿐이니까, 후지사와 씨가 다 먹어요. 혼자서 먹고 싶은 거 먹고 가면 되죠."

"그럴 수는 없죠. 혼자 다 써 버렸다는 게 알려지면 얌체라고 여겨질 텐데."

"나는 아무 말 안 할 거니까, 괜찮아요."

"그럴 수는…… 아, 그럼 되겠네. 반으로 나눠요."

후지사와 씨가 봉투를 열고는 소리를 질렀다.

"우와, 5,000엔이다."

"꽤 많이 들어 있네요."

"회사 사정을 봐서 2,000엔 정도겠지 했는데……. 이러면 나눌 수가 없잖아. 오호, 뭘 살지 알겠다! 좋은 생각이 떠올랐어요. 야마조에 씨, 먼저 집에 가서 방 좀 정리해 놔요. 나, 역 앞에서 뭐 좀 사 가지고 갈 테니까."

"나누는 거 아닌가요?"

"1,000엔짜리 두 장이었으면 절반으로 나누려고 했는데, 이거 찢으면 가치가 달라지잖아요."

왜 찢는다는 거지. 돈을 바꿔서 나누면 되는데. 그런 생각은 못 하나.

"15분 정도 후에 갈게요."

"후지사와 씨, 남자 집에 진짜 잘 오네요."

"남자 집은, 야마조에 씨 집이지."

"하아……."

"심장 뛰지 않을 정도로만 서둘러 돌아가요."

내가 대답도 하기 전에 후지사와 씨는 재빨리 역으로 향한다. 거절한다는 선택지는 없을 듯하다.

집에 돌아와 대충 청소기를 돌렸다. 가구고 뭐고 별로 없으니 정리할 것도 없다. 포트에 물을 담아 켜 놓고, 밥상을 닦는다. 이 정도면 되었으려나 하고 방 안을 돌아보고 있는데, 후지사와 씨가 문을 두드리는 소리가 났다. 아직 물도 안 끓었는데.

"실례합니다. 나, 준비할 테니까, 야마조에 씨는 화장실 먼저 갔다 와요."

후지사와 씨는 종이봉투를 껴안고 들어와 그렇게 말했다.

"뭔데 그래요?"

"80분 걸리는데. 아, CD플레이어 있어요?"

"플레이어 없는데. 노트북 써요."

"그럼, 노트북. 자, 시작합니다. 화장실 갔다 오고, 필요하면 알프라졸람도 먹어요."

"발작은 걱정 마요."

여기는 내 집이고, 후지사와 씨 앞에서 긴장할 일은 없다. 그보다 80분이라니, 대체 뭐가 시작된다는 것일까.

후지사와 씨의 재촉에 억지로 화장실에 다녀왔다. 밥상에 팝콘과 콜라가 놓여 있었다.

"주전부리인가요?"

"응, 그렇다 치고. 앉아요, 앉아."

"뭔데요?"

"그럼, 시작합니다, 시작!"

후지사와 씨가 마우스를 클릭하자, 영화관에서 흔히 울리는 팡파르 소리가 들리고, 그다음 〈섬보디 투 러브〉가 흘러 나왔다.

"오오, 어떻게 된 거죠, 이거?"

"사운드트랙 CD 샀어요. 〈보헤미안 랩소디〉의. 그러니까 사장님이 준 돈이 CD와 콜라와 팝콘이 되었다는 얘기."

"오호!"

"집에서, 영화 본 기분을 만끽할 수 있지 않을까 하는데."

후지사와 씨가 "어때요?" 하면서 자랑스러운 표정으로 내 얼굴을 보았다. 뭐라고 투덜거리기 전에 프레디의 목소리가 몸속으로 파고들어 와 나는 "좋은데요" 하고는 고개를 끄덕였다.

〈섬보디 투 러브〉의 멜로디가 점점 고조된다. 이렇게 처연하고 힘찬 곡이 달리 있을까. 영화에서도 나오는구나. 그렇겠지. 이 곡을 들으면 프레디 머큐리가, 퀸이 얼마나 대단한지 바로 알게 된다. 사랑하는 사람을 찾아 달라는 프레디의 반복되는 절규에 눈시울이 시큰해진다.

"의외로 긴 곡이었네."

후지사와 씨가 옆에서 중얼거렸다.

길다고? 이 정열적인 곡을 듣고 그런 생각이 들다니. 내가 얼굴을 돌리자 후지사와 씨는,

"역시 영화 같지는 않네. 가만히 듣기만 하니까, 지치네요."

"그런, 가요?"

사운드트랙으로 영화 기분을 느끼자고 했던 것은 후지사와 씨의 강압적인 아이디어였다. 그런데 제안한 사람이 무슨 소리를 하는 건지, 나는 몰입하려는 참인데.

"그러면 후지사와 씨, DVD 사지 그랬어요."

"그러네. CD 보자마자 옳거니 하고 그대로 사 버렸는

데…… 실수했네."

"아니, 뭐, 사운드트랙도 좋아요. 그리고 후지사와 씨는
영화를 봤잖아요. 그 장면을 떠올리면서 들으면 되잖아요."

"그러네……."

후지사와 씨는 그렇게 말하고는 잠시 조용히 있더니 세
번째 곡인 〈킵 유어셀프 얼라이브〉가 흐르자 "이렇게 리듬
이 빠른 곡은, 좀 그래서" 하더니 일어나,

"야마조에 씨는 들어요. 나는 뒷정리나 할게요. 부엌 치울
까요?"

하고 말했다.

"절대 안 돼요."

모처럼 퀸을 듣고 있는데 옆에서 부스럭대면 참을 수 없
고, 멋대로 정리해도 곤란하다. 얼마 전 회사 사무실을 청소
할 때 알았는데, 후지사와 씨는 신중하면서도 물건을 버리
는 데에는 주저가 없는 사람이다.

"후지사와 씨, 부엌은 아무래도 괜찮으니까 그냥 얌전히
있어요."

"스크린이 없으니까 어딜 보면 좋을지 헷갈리네."

아닌 게 아니라, 퀸의 팬이 아니라면 가만히 앉아서 음악

만 듣기는 좀 따분할지도 모르겠다.

"알겠어요. 그럼 얘기하면서 듣죠."

내가 그렇게 제안하자 후지사와 씨는,

"아, 신경 쓰지 말고 그냥 들어요. 난 집에 갈 테니까."

하고 말했다.

듣던 중 반가운 소리였지만, 후지사와 씨와 청소를 하고 받은 사례금으로 산 CD를 혼자 듣자니 영 껄끄럽다.

"후지사와 씨도 같이 들어요. 이제 60분 정도 남았는데. 얘기하면서 들으면 금방 끝난다고요."

"뭐예요, 그 참고 들어 준다는 말투. 퀸에게 실례죠."

"나는 들을 수 있는데, 후지사와 씨가 심심해하니까 하는 말이죠."

"아, 그렇구나."

"아무튼 여기 차분히 앉아서 팝콘이나 먹어요."

나는 가방을 들려는 후지사와 씨에게 말했다.

"알았어요."

후지사와 씨는 다시 앉아 팝콘을 입에 물었다. 다섯 번째 곡. 음, 무슨 얘기라도 해야 하는데. 그러나 할 얘기가 없다. 내가,

"요즘 일은 어때요?"

하고 말을 쥐어짜 내자, 후지사와 씨는 웃음을 터뜨렸다.

"뭐예요, 그 묘한 질문은."

팝콘이 목에 걸려 컥컥거린다.

"뭐긴요, 거기서부터 얘기를 끌어가려고……."

"우리 같은 직장에 다닌다고요. 그거, 오랜만에 만난 친척에게 하는 질문 아닌가요?"

후지사와 씨는 여전히 웃고 있다.

사장이나 히라니시 씨가 뭐라고 물으면 대답했을 뿐, 오래도록 적극적인 대화를 하지 않아 얘기하는 게 서툴러진 듯하다. 같은 직장 사람에게 물을 말이 아니었나. 나는 고개를 움츠렸다.

"뭐, 아무튼. 일이요, 음, 순조롭기는 한데, 딱히 무슨 발전이 있는 건 아니네. 하지만 평온하게 하고 있어요."

후지사와 씨는 웃으면서 대답해 주었다.

"그렇죠."

구리타금속의 평온함은 나도 잘 알고 있다.

"야마조에 씨는?"

"나요?"

"일, 다른 거 해 보고 싶지 않아요?"

"글쎄요……."

지금 하는 일에 만족하고 있는 것은 아니다. 게다가 이대로 살아도 되는지 항상 의문이 따른다. 다만, 공황장애를 앓고 있는 내게는 가장 적합한 직장이다.

"이래도 되나 싶으면서도 편하고 좋으니까, 구리타금속."

후지사와 씨는 내 속내를 헤아렸는지 그렇게 말했다.

후지사와 씨는 구리타금속에 오기 전 큰 회사에서 일했다고 사장에게 들었다. 대기업이 좋다는 말은 아니다. 구리타금속과 달리 일하는 보람도 긴장감도 있는 직장이었으리라 상상된다. 나도 후지사와 씨도 별난 병만 아니었으면 지금 회사에서 일하지 않았을 것이다.

우리 똑같네요, 하고 말하려다 그만두었다. 후지사와 씨는 나와 같지 않다. 이 회사로 온 사정은 비슷할지 몰라도, 일하는 방식은 전혀 다르다.

모두가 보는 화이트보드에는 출력한 프린트물이 붙어 있다. 후지사와 씨가 회사로 들어온 클레임을 해결하기 쉬운 순으로 정리해 고운 말로 작성한 것이다. 덕분에 내가 일하기 시작한 무렵부터 클레임이 조금씩 줄고 있다. 창고에 붙어 있는 세세한 라벨, 종이 상자로 만든 분류용 쓰레기통. 사무실 사용이 편리해진 것은 전부 후지사와 씨 덕분이다.

"후지사와 씨는 잘하고 있어요."

"에?"

후지사와 씨가 이쪽으로 얼굴을 돌렸다.

"구리타금속에서 일 잘하고 있다고요."

"그런 말을 야마조에 씨에게 듣다니, 정말 의외네."

후지사와 씨는 그렇게 놀라고는 "잘하기는요. 회사를 위해 할 수 있는 일을 더 많이 해야 한다고 생각은 하는데"라고 중얼거렸다.

나는 그런 생각은 하지 않는다. 내가 할 수 있는 일도, 해야 하는 일도 이 회사와는 다른 장소에 있다고 줄곧 생각해 왔다.

"아, 이 곡, 역시 좋네."

후지사와 씨가 볼륨을 약간 올렸다. CD에서 〈보헤미안 랩소디〉가 흘러나온다.

나는 나를 죽여 버린 것일까. 하고 싶은 일도 해야 할 일도 없는 삶은 죽은 상태나 마찬가지 아닐까. 이래서는 안 된다고 느끼면서도 지금 상황에 안주하고 있는 것은 자기를 잃은 것이나 마찬가지 아닐까. 프레디의 목소리와 나 자신이 겹쳐지는 것만 같아 고개를 내저었다. 좋아서 이러고 있는 게 아니다. 지금의 나는 이런 생활밖에 할 수 없다.

"음, 이쯤에서 카레."

〈보헤미안 랩소디〉가 끝나자, 후지사와 씨가 말했다.

"왜요?"

"이 영화, 카레 맛이었거든요."

"카레 먹는 장면이 나오나요?"

어차피 프레디가 인도에 살았다느니 하는 정도의 이유일 것이라고 생각하면서 물었다.

"기억이 잘 안 나는데. 이제 아는 곡도 없을 것 같고, 저녁 먹어요. 벌써 6시 넘었는데, 야마조에 씨 배 안 고파요?"

후지사와 씨는 "전자레인지 써도 되죠?" 하고는 부엌에 가서 편의점에서 사온 듯한 카레 2인분을 준비했다.

"영화관에서는 카레 먹을 수 없잖아요. 그런데 집에서 보면 먹고 싶은 시간에 마음대로 먹을 수 있으니까. 이 영화 감상법, 앞으로 보급될지도 모르겠네."

후지사와 씨는 바로 카레를 떴다.

음악을 듣고 있지 영화를 보는 건 아닌데, 하고 생각하면서 나도 카레를 한 숟가락 떠 입에 넣었다. 편의점 카레이기는 해도, 오랜만에 먹으니 맛있다.

"요즘 영화는 너무 길어서 지치는데, 사운드트랙은 절반 정도 시간에 한 편 보는 셈이니까, 얘기도 하고 먹고 움직일 수도 있어서 좋네요."

후지사와 씨는 그렇게 말하고 혼자 고개를 끄덕였다.

"그렇네요."

영화관에는 갈 수 없어도, 영화를 보는 것보다 즐겁게 시간을 보낼 수는 있다. 조금만 노력하면 특별한 시간을 만들 수 있다. 그런 생각을 하고 있자니, 내가 할 수 있는 일이 떠올랐다. 아무것도 할 수 없다 여겼는데, 한 가지는 할 수 있다.

"나, 알았어요."

"뭘?"

"남녀 사이에 우정이 성립하느냐 마느냐, 그거 아무래도 상관없는 일인데 심각하게 논하는 사람이 있잖아요."

"뜬금없이 무슨 소리?"

카레를 다 먹고 그런 말을 꺼내자, 후지사와 씨가 어리둥절한 표정을 지었다.

"상대나 경우에 따라서 다른데, 그리고 애당초 아무래도 상관없는 일이니까 해답은 없잖아요. 그런데 분명한 거 한 가지를 알았어요."

"호오."

"남녀 사이든 꺼리는 상대든, 서로 도울 수는 있다는 거."

"그야 그렇죠. 의사와 환자는 대부분 성별이 다르잖아요."

후지사와 씨는 무슨 말인지 전혀 모르겠는지, 아직도 어리둥절한 표정이다.

"나는 후지사와 씨를 좋아하지 않고, 우정도 연애 감정도 느끼지 않아요. 하지만 후지사와 씨 덕에 몇 번이나 웃었고, 발작의 두려움을 잊을 때도 있었어요. 오늘도 영화를 보는 것만큼이나 즐거운 시간을 만끽했고."

"5,000엔 받아서 산 거니까, 사장님 덕분이죠."

후지사와 씨가 정말 후지사와 씨다운 말을 해서 나는 "그렇죠" 하고 동의한 후에 말을 이었다.

"나, 세 번에 한 번은 후지사와 씨를 도울 자신 있습니다."

"도와요? 뭘?"

"후지사와 씨의 PMS, 나, 그 타이밍을 알 수 있어요."

"야마조에 씨, 이상한 일에 자신만만하네."

"이다음 PMS 때의 짜증과 분노. 터지기 전에 막을게요."

"정말 그럴 수 있어요?"

후지사와 씨가 눈을 힘껏 떴다.

"후지사와 씨를 관찰하다 보면, 느낌이 딱 옵니다."

"아니 잠깐. 그 말은 나를 지켜본다는 말이잖아요? 생리가 올 때다, 하고. 아, 불쾌해."

"그런가요?"

"그거 성희롱이라고요, 성희롱."

"그런 걱정은 마시죠. 나는 PMS에 관심이 있을 뿐이지, 후지사와 씨에게는 관심이 없으니까."

"정말요? 꽉실 먹었다며 안심시켜 놓고 들이대려는 거 아니죠?"

후지사와 씨가 농담을 해서 나는 웃고 말았다.

"누가 자의식 과잉인지, 언젠가 한번 겨뤄 보죠."

"좋아요. 절대 안 질 거야. 아니지, 져야 좋은 건가?"

"글쎄요. 뭘 가지고 이겼다고 할지에 따라 다르겠지만."

"아아, 그 우쭐해하는 말투, 전형적인 자의식 과잉이네."

후지사와 씨는 눈썹을 찡그리며 웃었다.

좋아하는 상대가 아니더라도, 웃어 주면 기쁘다. 매번 그러지 않아도 좋다. 딱 한 번이라도 공황발작을 줄여 주면,

충분히 고맙다. 후지사와 씨도 그럴 것이다. 다음 달. 후지사와 씨의 PMS를 반드시 막는다. 근거 없는 작은 자신감이 내 안에서 끓어올랐다.

사운드트랙 상영이 끝나고 후지사와 씨가 돌아가고 나자, 갑자기 휑해졌다. 집 안이 이렇게 조용했나 싶다. 이 작은 방이 이렇게 늘 텅 비어 있었구나. 휴대전화도 노트북도 있지만, 이어지는 상대가 없으니 아무 의미가 없다. 모든 것에서 멀리 떨어진 아무것도 없는 공간. 그것이 내 집이다.

7시가 좀 지났다. 자려면 3시간이나 남았다. 너무 길다. 혼자라서 편하기는 하지만, 그 사실에 두려워진다. 조금 전까지 시끌시끌했던 만큼, 막막한 고독을 느낀다. 줄곧 혼자 있는 것과, 누군가 함께 있다가 혼자가 되는 것은 이렇게나 다르다. 하지만, 이런 게 나의 생활이다. 앞으로도 매주 돌아올 휴일. 매일 찾아올 긴긴 밤. 앞에는 거대한 시간이 도사리고 있다. 그 엄청난 시간을 혼자 어떻게 보내면 좋을까.

"남몰래 기도해 주는 사람이 꽤 있는데."

후지사와 씨가 했던 말이 떠올라, 부적을 꺼내 보았다.

이세신궁의 부적. 아직도 나를 기억하는 사람이 보내 준 것이다. 쓰지모토 과장은 지금의 나를 보면, 어떻게 생각할까. 막 사회에 발을 들여놓은 내게 모든 것을 가르쳐 준 사람이었다. 이런 내게 실망할까. 아니다, 그 사람은 자신이 관계한 사람에게 실망하지 않는다.

연인과 친구들, 함께 일했던 동료와 상사. 모두 멀어지고 말았다고 생각했다. 공황장애를 앓고 있으니, 새로운 누군가와 속을 터놓는 일은 없을 것이라고 생각했다. 하지만, 과연 그럴까.

부적을 손에 쥐고, 후지사와 씨가 사 온 콜라를 마저 마신다. 나는 모든 것과 격리된 장소에 있는 게 아니다. 완전한 고독 따위는 이 세상에 존재하지 않는다.

15

그
여
자

금요일. 퇴근길에 야마조에 씨가 부적을 누가 보냈는지 알았다고 했다. 이제 그만 찾겠노라 했으면서 마음이 바뀐 것일까. 그렇게 말은 해 놓고서 피로가 쌓였는지 횡하니 가 버려서, 토요일 낮에 그의 집을 찾아갔다.

"여기요, 여기 좀 봐요."

야마조에 씨는 노트북을 펼치고 화면을 내게 보였다. 컨 설팅회사의 홈페이지였다.

"여기다 의뢰했어요? 부적 누가 보냈는지 조사해 달라 고."

"아니요. 전에 다니던 회사인데, 여기요."

야마조에 씨가 가리킨 곳에 작년 행사 내용이 열거되어 있고, 12월에 '창업 30주년 기념 여행, 이세'라고 되어 있었다.

"우와, 이세에 갔으면 이세신궁에도 갔겠네! 우와아, 어떻게 알았어요?"

"전에 다니던 직장이 생각나서 홈페이지를 봤더니, 이세에 다녀왔다는 내용이 있어서. 이 회사 사람이라면 내 주소를 알 수도 있으니까."

"그렇겠네."

"후련합니다."

야마조에 씨는 그렇게 말하고는 기지개를 켰다.

"후련하다, 그게 끝?"

"네. 전에 다니던 회사 상사가 보냈을 거예요. 자기 이름이나 날짜 같은 거 깜박 잊고 잘 안 쓰는 사람이 있었거든요. 그 사람이겠죠."

"그 사람에게 고맙다는 말을 전하든지, 그 사람이 맞는지 확인은 안 해요?"

"글쎄요……."

"최소한, 잘 받았다는 말은 전하는 편이……. 야마조에 씨 생각이 틀렸으면?"

"틀림없어요. 불과 반년이었지만, 같이 일하면서 정말 멋진 시간을 보낸 사람이니까."

"그렇구나…… 말만 들어도 좋네."

전에 다니던 회사에서 내게 부적을 보내 줄 만한 사람, 나는 한 명도 떠오르지 않는다.

"좋은 건가."

"야마조에 씨가 그만큼 일을 잘했다는 뜻이잖아요."

"그야 신입사원이었으니……. 이제 다 지난 옛날 일입니다."

"옛날? 고작 2년 전인데."

"2년이, 짧은 시간은 아니죠."

야마조에 씨는 부적을 만지작거리며 말했다.

"옛날 회사 생각나요?"

"가끔요. 후지사와 씨는?"

"나는 전혀. 야마조에 씨만큼 좋은 추억도 없고."

나는 일을 익히기도 전에 도망치듯 퇴직했다. 그 회사에 관해서는 부끄러운 기억밖에 없다.

"생각하면 뭐 합니까. 지금은 나나 후지사와 씨나 구리타 금속 직원인데. 후지사와 씨도 말했지만, 예전 상사나 구리

217

타 사장님이나 지금의 내 상황이 조금이라도 좋아지길 빌었을 뿐, 드러내고 싶지는 않은 거겠죠."

"어머! 히요시신사 부적, 사장님이 보냈다는 거 어떻게 알았어요?"

"후지사와 씨가 알 정도면 다른 사람도 다 알죠."

"그렇구나."

나만 아나 했는데, 턱없는 착각이었던 것 같다. 나는 나 스스로가 아는 것보다 둔한지도 모르겠다.

"그보다, 다음 주나 다다음 주죠?"

야마조에 씨가 부적을 치우고는 따끈한 차를 다시 따라 주었다.

"뭐가요?"

"뭐는요. 후지사와 씨, 부적은 놔두고 자기 생각 좀 하지 그래요? PMS지 뭐겠어요."

"아아. 벌써 그렇게 됐나."

나는 오는 길에 산 화과자를 상에 올려놓았다.

"후지사와 씨, 자기에 대해서는 진짜 태평하다니까요. 내가 좀 생각해 봤는데."

"저기요, 남의 생리에 대해서 멋대로 생각하지 마요."

"벌써 했는데요, 뭐. 후지사와 씨, 주로 점심시간이나 일 다 끝난 다음에 화를 내는 경우가 많지 않나요?"

야마조에 씨는 내가 짜증을 부리는데도 계속 분석을 늘어놓았다.

"그…… 그런가."

"그럴걸요. 내가 이 회사에 오기 전에는 어땠는지 몰라서 스미카와 씨에게 넌지시 물어봤는데, 듣고 보니 그렇다고 하던데요."

"뭐요?"

야마조에 씨는 평소 적극적으로 사람과 얘기하는 일이 없는 사람인데, 나의 PMS에 대해 스미카와 씨에게 묻다니, 뭐야 대체. 스미카와 씨, 틀림없이 이상하게 여겼을 것이다.

"아, 괜찮아요. 그냥 슬쩍 얘기했을 뿐이니까. 스미카와 씨도, 후지사와 씨가 일 거의 끝날 때 짜증 부리고 화낸 적이 많은 것 같다고 했어요. 후지사와 씨에 대해 잘 알고 있던데요."

"그럼 이상하게 생각할 게 뻔하죠. 나 없는 데에서 그런 짓 하지 마요."

"있는 데에서 하면 싫잖아요."

"그건 그렇지만."

"그 혹시, 후지사와 씨, 자기가 언제 짜증을 부리는지 그 경향이나 시기를 파악하려고 한 적 없어요? 메모 정도의 일기는 써도 좋을 것 같은데."

야마조에 씨는 또 우쭐해서 그렇게 말했다.

물론 대학 시절에는 PMS 증상을 매일 기록했다. 그날 먹은 음식, 그날의 기분 등등을 자세하게. 하지만 벌써 몇 년이나 되었다. 어쩔 수 없다고 포기하고 생략하는 날도 많다.

"내가 다니는 정신건강의학과 선생님도, 두통을 앓는 환자들이 저녁때나 쉬는 날 더 심해지는 경우가 많다고 하던데. 기분이 풀어질 때 증상이 심해지곤 하는 것 같아요. 그러니까 다음 주에는 점심때나 일 끝나고 난 다음에 그 점을 주의하죠. 그럼, 잘 먹겠습니다."

야마조에 씨는 얘기를 끝내자, 화과자를 집었다.

자기에게 온 부적에 관해서는 꿈쩍 않던 사람이 나의 PMS에 관해서는 바로 대책을 강구하다니. 스미카와 씨, 나와 이 사람 관계를 착각하지 않았으면 좋겠네. 그런 생각을 하고 있는데,

"맛있네요."

하고 야마조에 씨가 중얼거렸다.

"생각해 보니까 나, 화과자를 2년 만에 먹어 보는군요."

야마조에 씨는 벚잎떡을 이파리도 떼지 않은 채 입에 물었다.

"떡 먹다 목이 막히면 발작을 일으키기 쉬우니까?"

"그것도 그렇지만, 공황장애 때문에 먹는 게 귀찮아져서 뭘 좋아했는지도 다 잊었어요. 쑥떡이나 벚잎떡, 떡갈잎떡처럼 향이 있는 화과자를 좋아했는데."

화과자는 몸을 위해 반드시 필요한 것도 아니고, 먹을 기회도 많지 않다. 발작 때문에 불안한 와중에 굳이 사러 나가는 일도 없을 것이다.

"야마조에 씨, 뭘 먹어도 맛있지 않다고 했는데, 그냥 맛있는 걸 안 먹는 거네."

"그럴지도 모르죠."

쑥떡, 콩가루떡. 봄은 맛있는 화과자의 계절이다. 이다음에는 뭘 살까, 하다가 말았다. 자기 멋대로 스미카와 씨에게 나에 관해 묻는 이런 사람을 위해 뭘 사 들고 오다니, 말도 안 돼. 평소에는 멍하니 있는 주제에 사실은 완전 오지랖이네, 라고 생각하면서 나도 벚잎떡을 먹었다. 떡을 싼 이파리에서 어렸을 때부터 잘 아는 봄의 향이 났다. 벌써 눈앞에는 3월. 매일이 아무 일 없이 지나가는 듯하지만, 언제든 시간은 앞으로 흐른다.

16

3월 9일 월요일. 이번 주 수요일쯤, 후지사와 씨에게 PMS
가 찾아올 것이라고 예상한다. 한 주의 가운데라 마음도 몸
상태도 무너지기 쉽다. 이번 주에는 점심때와 일이 끝난 다
음을 주의 깊게 살펴보자. 조짐이 보이면 그 공터로 데리고
나가면 된다. 학생 때부터 이렇게 분석하고 대처법 강구하
는 걸 좋아했다.

　점심시간, 후지사와 씨는 여느 때처럼 스미카와 씨와 수
다를 떨면서 가져온 빵을 먹었다. 아직 여유가 있어 보인다.
PMS는 일러야 오늘밤쯤에나 나타날 것인가. 이번 주는 후
지사와 씨가 빨리 퇴근할 수 있도록 하자. 회사에서 폭발하

느니 집에 가는 길이나 집에서 혼자 터뜨리는 편이 훨씬 낫고, 사람을 끌어들이지 않으면 후지사와 씨가 후회하는 일도 없을 것이다.

월요일인데도 일은 평소와 다름없이 원활하게 진행되었다. 앞으로 5분 뒤면 퇴근이다. 후지사와 씨 쪽을 보니, 자료를 정리할 뿐 퇴근할 준비는 하지 않고 있다. 후지사와 씨뿐만 아니라 모두 칼퇴근은 하지 않는다. 잠시 대화를 나누고 정리를 하면서 시간을 조금 보내다 돌아간다. 먼저 나서기가 미안하다는 생각만으로 보내는, 생산성 없는 무의미한 시간이다. PMS를 생각하면, 퇴근 시간이 되면 바로 나선다는 각오로 있어야 하는데.

나는 가방을 어깨에 메고,

"후지사와 씨, 이제 3분입니다."

하고 말을 건넸다.

"이제 3분? 뭐가요?"

후지사와 씨는 무슨 말인지 모르는 채, 공동 책상의 문구류를 정리하기 시작했다.

"퇴근 시간이요. 5시가 되면 바로 나갑시다."

"왜? 무슨 일 있어요?"

어이, 어이. 자기 몸은 자기가 신경을 써야지. 나는 그렇게 생각하면서 "이번 주잖아요?" 하고 말했다.

"아, 그렇네…… 그래도 이렇게 서두를 것까지야."

"이런 일은 1분 1초를 다툰다고요."

"그런가."

후지사와 씨는 자기 일인데도 미심쩍다는 표정이다.

"그럼요. 게다가 내일도 할 수 있는 일을 지금 할 필요 있습니까? 늦게까지 회사에 남아 있는 게 일은 아니잖아요. 일찌감치 일을 마무리하고 시간 되면 바로 퇴근하는 것. 그게 능률적인 일이란 말입니다."

그만 목소리가 커지고 말았다.

"호오, 대단하군, 야마조에 씨. 역시 젊은 사람은 생각이 단호해서 좋아."

내 말에 사장이 그렇게 칭찬했다.

"아니, 그런 게 아니라……."

후지사와 씨를 향해 적당히 한 말을 가지고 칭찬하니 민망하다. 하지만, 마침 잘됐다. 모두가 5시 정각에 퇴근하면, 후지사와 씨도 미적거릴 필요가 없다.

"아, 그런데 사장님이 5시 정각에 퇴근하시면, 다들 돌아가기 쉬울 텐데요."

주제넘은 말인가 싶었지만, 그렇게 덧붙이자 사장은 이내 고개를 끄덕였다.

"오호라, 정말 그렇군. 노인네가 꾸물대고 있으면 좋지 않겠지. 알겠어, 5시에 문을 잠글 테니까, 모두 나가라고. 우리 회사는 야근 수당도 없으니까."

사장이 웃으면서 소지품을 정리하기 시작했다.

입사해서 반년도 안 되는, 게다가 일도 잘 못 하는 내가 한 말을 눈앞에서 바로 실천한다. 시간 따위 개의치 않고 느긋하게 다 같이 얘기하면서 일을 끝내는 것이 지금까지 구리타금속의 스타일이었을 텐데, 그 자리에서 바로 바꾼다.

"아아, 노인네들이 굼뜨네. 자, 젊은 사람들부터 돌아가요."

그렇게 재촉하는 사장을 보면서 나는 눈을 번쩍 떴다. 온화하고 친절하고 여유롭게 일한다. 그렇게만 생각했는데, 의외로 실천력이 있는 사람이다.

히라니시 씨가 "거저 일하면 손해니까 말이지"라고 농담을 하면서 돌아갈 준비를 하고, 스즈키 씨도 자리에서 일어났다.

"자, 후지사와 씨, 갑시다."

내가 그렇게 말하자, 스미카와 씨가 킥킥 웃었다.

"둘이 사이가 좋네."

"그런 거 아니에요."

후지사와 씨는 일일이 반응한다.

"좋은 일인데, 뭐. 빨리 퇴근하고 둘이 좋은 데 놀러 가."

"난 아무 데도 안 가는데……."

놀리는 말에 반응하는 후지사와 씨 등을 밀면서 "갑시다. 그럼 먼저 가 보겠습니다" 하고 말했다.

"이렇게 서둘 게 뭐 있다고……. 선배들도 안 갔는데 둘이 먼저 나와도 되는지 모르겠네."

회사에서 나오자, 아니나 다를까 후지사와 씨는 그렇게 말했다.

"연공서열로 퇴근한다는 규칙이 있는 것도 아니잖아요. 게다가 구리타금속 사람들은 그런 거 전혀 신경 안 쓴다고요."

"그야 그렇지만, 그래도 좋게는 안 볼 텐데."

"후지사와 씨, 사장 자리라도 노리는 겁니까?"

"설마."

3월 초, 바람이 살랑살랑 분다. 밤의 어둠이 아직 섞이지 않은 5시의 하늘은 엷은 파란색이다.

　"그럼, 다른 사람들 평가에 우왕좌왕할 필요 없잖아요. 그리고 후지사와 씨가 PMS 때문에 소동을 피우는 게 더 피해라고요. 다들 그렇게 짜증 부릴 거면 빨리 집에 가라고 생각한단 말입니다."

　내가 그렇게 말하자, 후지사와 씨는 "정말 그럴까" 하고 중얼거렸다.

　"스미카와 씨가 그런 일로 마음 상할 사람이라고 생각해요?"

　"그런 건 아닌데, 좋은 사람이니까 기분을 상하게 하고 싶지 않은 거죠."

　"후지사와 씨."

　나는 어이가 없어 어깨를 움츠렸다.

　"네?"

　"구리타금속에서 제일 화를 잘 내는 사람은 후지사와 씨고, 화를 내면 수습이 안 되는 사람도 후지사와 씨입니다. 탄산음료 뚜껑 여는 소리에 그야말로 뚜껑이 열려서 내게 화풀이한 거 잊었어요?"

"아, 그렇네……. 하지만 그건 PMS 탓이었지."

"PMS인지 뭔지 모르지만, 나는 스미카와 씨보다 후지사와 씨가 더 무섭다고요."

"그거, 진심으로 말이에요?"

후지사와 씨가 눈을 부릅떴다.

"그야, 뭐, 거기서 거기지만. 그래도 사장님이든 스즈키 씨든 히라니시 씨든, 스미카와 씨보다 훨씬 손아래인 후지사와 씨 눈치를 많이 본다는 말이죠."

"거짓말."

"거짓말 아니에요. 스미카와 씨는 솔직하고 분명해서 알기 쉬운 데다 자기들과 나이도 비슷하니까 편하지만, 후지사와 씨는 얌전하지, 젊지, 그래서 아저씨들이 어떻게 대하면 좋을지 몰라서 안절부절하는 거 아니냐고요."

"나에게 신경 쓰는 사람이 있을라고."

물론 후지사와 씨는 남에게 부담을 주는 성격이 아니다. 성실하고, PMS만 아니면 온순하다. 후지사와 씨의 스스로에 대한 평가가 높지 않으니, 괜히 추켜세울 필요도 없다. 하지만 회사 사람들은 후지사와 씨를 존중한다.

"오늘은 이렇게 말을 걸었지만, 내일부터는 5시 되면 혼자 집에 가세요."

역이 보이자 나는 그렇게 말했다.

"갑자기 불량 직원이 되었다고들 하면 어쩌려고."

"후지사와 씨, 곧 서른 살 되죠? 후지사와 씨가 몇 시에 퇴근하든 누구 하나 신경 안 쓰니까. 게다가 사장님도 빨리 가라고 재촉했잖아요."

"그런가."

"이번 주에는 최대한 회사에 있는 시간을 줄이고 혼자 있는 게 어떻겠어요."

"그렇네. 음, 알았어요."

후지사와 씨는 스스로에게 말하듯 중얼거리고는 고개를 끄덕거렸다. 햇살이 따스한데, 후지사와 씨 볼이 왠지 창백하다. 역시, 몸이 안 좋은 것이리라.

"그럼, 내일."

조금이라도 빨리 집에 가는 게 좋다. 나는 냉큼 손을 흔들었다.

다음 날, 후지사와 씨는 회사에 나오지 않았다. 어젯밤에 PMS의 습격을 받은 모양이다. 어째 안색이 안 좋더라니, 하고 생각하는데 점심시간이 끝났다.

"후지사와 씨, 지금쯤 수술 끝났을지."

사장이 시계를 보면서 말했다.

"수술?"

"어? 야마조에 씨는 몰랐군."

"네. 무슨 일이죠, 대체?"

모르고 자시고 할 것도 없다. 어제 같이 역으로 갈 때, 후지사와 씨는 안색이 안 좋았을 뿐 평상시처럼 걷고 얘기했다.

"그리 큰 수술은 아니야. 급성충수염이라고, 그러니까 맹장."

사장이 그렇게 말하자,

"어젯밤에 복통이 심해서 야간 진료 병원에 갔는데, 그대로 입원해서 오늘 수술받게 되었다네. 아침에 통화했을 정도니까 괜찮겠지, 뭐."

스미카와 씨가 덧붙였다.

"그랬군요."

충수염. 큰 수술은 아니다. 어렸을 때 아버지가 그 수술을 받았는데, 바로 퇴원했다. 그때를 떠올리자 동시에 병실과 수술 광경이 떠올라 등골이 써늘해졌다. 간단한 수술이라도 한동안은 침대에서 꼼짝할 수 없다. 마음대로 몸을 움직일 수 없는 상황이 무척 견디기 힘들 것이다. 아니지, 후지사와 씨는 공황장애가 아니니까, 움직이지 못한다고 해도 문제는 없을 것이다. 그래도 마취와 수술 후의 통증은 역시 힘들다. 게다가 그 사람, 환자면서 간호사에게 미안하다는 듯 굽실거리고, 별거 아닌 일에 신경 쓰다 더 힘들어질 테지. 그보다, 후지사와 씨는 지금 PMS 시기다. 수술 직후에 PMS가 오면 어떻게 되는지. 그런 생각이 줄줄이 머리에 떠올랐다. 생각에 골몰한 탓인가,

"걱정되면 병원에 가 봐요."

하고 스미카와 씨가 말했다.

"아니요, 걱정하는 건 아닙니다."

심장 한 모퉁이가 술렁거렸지만, 나는 고개를 내저었다.

"걱정이 왜 안 되겠어. 다들 가볍게 말하는데, 나도 맹장으로 수술했을 때, 상당히 힘들었다고."

히라니시 씨의 말에 사장이 "그렇겠지" 하고는 고개를 끄덕이며 말했다.

"야마조에 씨가 대표로 가 주면 좋지. 회사 차원에서 문병을 가려던 참이었는데, 다녀오라고. 수술 경과도 궁금하고.

오후에는 급한 일도 없으니까."

"아니, 그게."

"잘 부탁해. 음, 역 앞에 있는 무슨 병원이더라. 아아, 그렇지, 와카바야시병원."

당황해하는 내게 사장이 병원 이름을 종이에 써서 건넸다.

"아니, 저는."

"반대 상황이었으면, 후지사와 씨도 이것저것 싸 들고 병원에 뛰어갔을 거야."

사장 말대로 상대가 누가 되었든 문병을 가게 되면, 이것도 필요하고 저것도 필요하다면서 커다란 봉투 가득 싸 들고 병원에 가는 후지사와 씨 모습을 쉽게 상상할 수 있었다. 내가 입원하면, 공황발작을 가장 걱정해 줄 사람이다.

"그렇겠죠."

"그럼, 잘 부탁하이. 후지사와 씨에게 일 걱정은 말고 푹 쉬라고 전해 주고."

사장은 혼자 그렇게 정하고는, 말했다.

연인은커녕 친구도 아닌데, 조퇴를 하면서까지 문병을 가자니 과한가 하는 생각도 든다. 하지만 가슴 여기저기가 꿈틀꿈틀, 움직이는 속도가 빨라진다. 이 꿈틀거림은 후지사와 씨를 보지 않고는 잦아들지 않는다.

"그럼…… 다녀오겠습니다."

내가 일어서자, 스미카와 씨도 "안부 전해 줘요" 하고 말했다.

회사를 나서자 심장이 더욱 뛰었다. 내가 수술을 받은 것도 아닌데 병원의 긴장된 공기가 밀려오는 것 같아 숨이 막힌다. 서두르자. 후지사와 씨가 수술이 끝난 다음 무슨 곤경에 처해 있을지도 모른다. 뭘 좀 사갈까. 아니다, 우선은 병실에 가서 필요한 게 뭔지 물어보고, 그다음 매점에 가면 된다. 아무튼 빨리 병원부터 가자.

역까지 뛰다시피 걸어가자, 플랫폼으로 들어오는 전철이 보였다. 병원은 후지사와 씨가 내리는 역 근처에 있는 듯하다. 마침 잘됐다 싶어 얼른 전철표를 사고 후다닥 올라탔다. 이 방향이 맞는 거지. 병원 이름과 주소가 간략히 적힌 메모를 확인한다. 음, 맞군. 전철이 움직이는 순간, 현기증이 났다.

어? 내가 어떻게 전철을 탔지. 움직이기 시작하면 뛰쳐나갈 수 없는데. 2년 동안 역내에도 들어간 적이 없다. 그런데 어떻게 탔지. 자신이 전철 안에 있다는 걸 의식하는 동시에 온몸에서 땀이 솟았다.

오직 병원에 간다는 생각으로 전철을 탔다. 너무 오랜만에 서둘다 보니 머리가 온통 그 생각으로 가득 차, 자신이 공황장애라는 것을 잊고 말았다. 아아, 내가 무슨 짓을 한 거지.

나는 문 옆에 서서 손잡이를 꽉 잡았다. 몸속에서 불쾌함이 솟구친다. 계속 타지 않았을 뿐, 전철 정도는 괜찮을 것이다. 약도 먹었다. 겨우 세 정거장이다. 견딜 수 있다. 남은 기력을 쥐어짜며 속으로 중얼거려 보았지만, 도저히 서 있을 수 없었다.

좌석 옆 손잡이를 잡은 채 문 앞에 쭈그려 앉자, 할아버지가 "여기 앉아" 하고 말을 건넸다. "괜찮아요. 감사합니다." 그렇게 말하고 싶은데, 목소리가 나오지 않는다. 나는 고개만 젓고는, 다음 역에서 내리자, 그때까지 어떻게든 참자고 생각하면서 심호흡을 반복했다. 떨리는 손으로 가방에서 알프라졸람과 페트병을 꺼내 단숨에 약과 함께 들이켰다. 간신히 역이 보였다. 여기까지 5분도 걸리지 않았다. 그런데 1시간 넘게 전철에 흔들린 것처럼 몸이 휘청거린다. 전철에서 후다닥 내리자마자 벤치에 머리를 대고 주저앉았다. 앉아서 고개를 숙이니 호흡이 점차 편해진다. 빨리 어떻게든 하고 싶어서 알프라졸람을 한 알 더 먹는다. 오늘 먹을 정량을 넘겼지만, 발작을 막지 않으면 어떻게 되어 버릴 것 같았다.

지나가는 사람들이 말을 건다. 거칠게 숨을 몰아쉬며 "괜찮습니다" 하고 고개를 끄덕인다. 점차 약 기운이 돌아, 몸이 평온해진다. 살았다……. 몇 번이나 경험했는데도, 고작 15분 동안의 발작이 몇 시간이고 계속된 것처럼 느껴진다. 동시에 발작이 진정될 때는 깊은 바다에서 허우적거리다 구조된 듯한 안도감에 싸인다.

나는 몸을 일으켜, 벤치에 앉았다.

바람이 불어 땀이 밴 몸이 써늘해지고, 흐릿하던 의식이 되살아난다. 내가 전철을 탔어. 무의식적인 행동이었지만, 2년 만의 쾌거다. 표를 사고, 올라타고. 그렇게 할 수 있었던 자신에 놀란다.

하지만, 역 하나를 남기고 이 꼴이 되고 말았다. 시도하지 않아서 그렇지, 어쩌면 이제 전철을 탈 수 있을지도 모른다. 간혹 그런 생각이 들기도 했는데, 안이했다. 나는 여전히 전철을 탈 수 없다. 폐쇄된 공간에는 1분도 있지 못한다. 새삼스럽게 알았다.

공황장애를 앓은 지 2년. 점차 적응이 되어, 이 생활에 불편은 없다. 그렇게 단언하기에 이르렀다. 일도 하고, 하루를 무사히 보낼 수 있다. 그것으로 충분하다. 그렇게 생각할 여유가 생겼다.

하지만 현실은 달랐다. 나는 아무것도 할 수 없다. 곤경에 처한 사람이 있어도, 그 자리에 갈 수조차 없다. 발작이 끝난 안도감에 한심함이 겹쳐, 눈물이 쏟아질 것 같다. 아니, 눈물 따위 흘려 봐야 아무 소용없다. 자신을 가엾게 여긴다고 달라지는 건 없다.

후지사와 씨가 가위를 가지고 내 머리를 자르러 왔던 날이 문득 떠올랐다. 미용사도 아니면서 내 머리를 목각 인형처럼 만들어 놓았더랬지. 그때는 웃었는데. 편의점에서 주먹밥을 사 오지 않나, 우편함에 부적을 넣지 않나. 그 사람은 이런저런 방법을 시도하고 있다.

전철을 탈 수 없다. 그러니 병원에 갈 수 없다. 그럴까. 한가지 이동 수단이 불가능할 뿐인데 포기하는 것은 공황장애와 무관하다. 정말 아무것도 하지 못하는 사람이 하는 짓이다. 애당초 이동 수단이 전철밖에 없다면, 나는 앞으로 평생 아무 데도 가지 못한다. 죽을 때까지 이 부근에서 살아야 한다. 그렇게 생각하자, 기분이 조금 유쾌해지면서 머리가 돌아가기 시작했다.

흠, 어떻게 병원에 가나. 전철은 땡, 택시는 더 고약하다. 탈 수 있는 것은 내 손으로 운전하는 경트럭뿐. 평소 나는 경트럭을 몰고 배달을 간다. 타는 시간도 얼마 안 되고, 차창을 활짝 열고 내 상황에 맞게 운전하기 때문에 발작을 일으키는 일은 없다. 허둥지둥 역으로 갈 게 아니라 경트럭을 몰고 나올 걸 그랬다.

지금 걸어서 회사로 돌아가 경트럭을 몰고 가는 게 상책이겠지만, 회사까지 걸어가려면 시간도 걸리고 힘들다. 경트럭 외에 탈 수 있는 것은? 비행기, 신칸센, 버스. 어린아이처럼 차례대로 떠올리다가, 옳거니 했다. 자전거다. 자전거는 갇히지 않고도 어디든 갈 수 있고, 어디서든 내릴 수 있다. 걸어가는 것보다 편하고, 더 빨리 더 멀리 갈 수 있다. 공황장애 환자에게 더없이 좋은 이동 수단이다.

나는 휴대전화를 꺼내 근처에 자전거 대여소가 있는지 검색했다. 이 역 앞에 한 군데 있었다. 좋아, 가자. 목표가 정해져서 그런지, 알프라졸람을 두 알이나 먹어 그런지, 몸이 가볍다. 걸어 보니 걸음걸이도 멀쩡하다.

역에서 나와 휙 돌아보았다. 옆에 조그만 가게가 있었다.

면허증을 제시하고 이름과 연락처를 쓰니 바로 빌려주었다. 게다가 이 노선의 어느 역에 반납하든 상관없다고 한다. 돌아갈 때는 우리 집에서 제일 가까운 역에서 반환하면 된다. 정말 편리한 시스템이다.

가게에서 나와 자전거 바구니에 짐을 싣고 안장에 앉으니, 이제 병원에 갈 수 있다는 기대감으로 마음이 살짝 들떴다. 중고등학교를 자전거로 통학했다. 대학 시절에는 가끔 사이클링도 했다. 사회인이 되어서는 탄 일이 없지만, 자전거를 좋아했다.

페달을 밟자, 바람이 시원하게 볼을 스친다. 다가올 봄과 저녁을 품은 축축한 바람. 나는 운동신경이 나쁘지 않다. 두 다리와 자전거가 있으니 병원은 금방이다. 발작으로 뜨거워진 몸이 바람에 식는 것을 느끼면서, 나는 힘차게 페달을 밟았다.

안내받은 병실에 가니, 4인실 제일 안쪽이 후지사와 씨 침대였다. 수술은 2시간 전쯤에 끝났다고 한다.

"후지사와 씨, 괜찮아요?"

커튼 앞에서 말을 건네자,

"어머나, 안녕하세요."

하는 여자 목소리가 나고 커튼이 열렸다.

예순 살 전후일까. 약간 오동통하지만, 얼굴이 후지사와 씨와 똑같아 어머니라는 걸 쉽게 알 수 있었다. 후지사와 씨가 부모님과 같이 살지 않아 혼자서 수술을 받았나 했는데, 입원을 했으니 가족이 올 수도 있다. 그런데, 아무 관계도 없는 내가 오다니.

"아, 저는, 같은 회사에 다니는 야마조에라고 합니다."

나는 허둥지둥 인사했다.

"어머나, 그래요. 이렇게 일부러 찾아오게 해서 죄송하네요. 미사의 엄마예요. 수술은 아까 끝났는데 아직 마취가 덜 깨서……. 자고 있는데, 어쩌나."

가까이 와서 보라면서 어머니가 침대 옆자리를 비켜 주었다. 후지사와 씨는 산소마스크를 쓴 채 조용히 잠들어 있었다.

"수술은 40분 만에 끝났어요. 내일이면 움직일 수 있다네요. 이대로 경과가 좋으면 토요일에는 퇴원할 수 있대요."

어머니는 웃는 얼굴로 말했다. 목소리도 경쾌하고, 발랄한 인상이다.

"다행이군요."

간단한 수술이라 별일은 없었다. 그런 말은 들었지만, 링거를 맞으면서 잠들어 있는 후지사와 씨의 모습을 보니, 절로 힘들겠다는 생각이 들었다.

"앉으세요."

어머니가 철제 의자를 권했지만, 나는 바로 돌아가겠다며 사양했다.

"음, 미사와 사귀는 분인가 보네. 인사가 늦어서. 잘 부탁합니다."

어머니가 공손하게 머리를 숙였다.

"아, 아닙니다. 저는, 그냥 회사 동료일 뿐."

"그런데 이렇게 일부러?"

어머니는 '에이, 그럴 리가?' 하는 표정으로 나를 쳐다보았다.

"정말 아닙니다. 그래도 후지사와 씨가 늘 잘 대해 주셔서……."

"정말요? 우리 딸이 융통성이 없어서, 회사에 폐를 끼치는 일이 많지 않을까 하는데."

"아닙니다. 후지사와 씨는 괜찮았나요? 혹시 수술 전

에⋯⋯."

"네. 그냥 충수염이라서 배가 아팠는데, 수술을 받으려면 보호자 사인이 필요하다고 해서 온 거예요."

어머니는 "사람을 놀라게 하네요" 하면서 웃었다.

"그렇군요."

이 사람 저 사람 신경을 쓰지만, 후지사와 씨는 자기 일에는 둔하다. 보나 마나 "충수염이야! 그럼 수술받아야 하나!" 하는 정도였을지도 모른다.

"벌써 4시네. 집까지 2시간 걸리는데, 난 이제 가 봐야겠네. 의사도 조금 기다리면 깰 거라고 했으니까."

어머니는 그렇게 말하면서 짐을 챙기기 시작했다.

"어⋯⋯ 안 계셔도 됩니까? 깨어났을 때."

잠시 후에 깬다면, 누구든 있는 편이 좋다. 수술로 인한 불안함도 있을 테니.

"야마조에 씨, 계실 거죠? 내일 아침에도 오실 테고. 지금은 한 사람만 있어도 충분해요."

어머니는 후후후 웃었다. 또 착각을 한 모양이다.

"몇 번이나 부정하자니 좀 이상하지만, 후지사와 씨와는 연인 관계가 아니고, 앞으로도 그런 일은 없을 겁니다."

착각한 채 그대로 돌아가는 것은 좋지 않다.

"어떤 관계든, 고작 충수염 때문에 달려와 준 사람인 것은 분명하잖아요."

어머니는 그렇게 말하며 싱긋 웃었다.

"그건 그렇지만."

후지사와 씨가 입원했다는 말을 듣고, 나 자신이 불안해져 왔을 뿐이다. 뛰는 가슴을 진정시키고 싶었을 뿐이다. 내 몸을 위해서지, 후지사와 씨를 위로하기 위해서가 아니다. 그러나 나는 조금 전에 무모하게 전철을 타서 발작을 일으켰다. 그 후에 이런저런 방법을 강구하다 자전거를 타고 여기까지 왔다. 오로지 내 불안을 잠재우기 위해서였다면, 과연 그런 일이 가능했을까.

"아무튼 그런 일은 차치하고, 잘 부탁해요."

어머니는 싱글거리며 말하고는 커튼을 열고 나갔다.

조금 기다리면 깨어날 거라고 들었는데, 후지사와 씨는 계속 잠만 잘 뿐 깰 줄을 몰랐다. 상태를 확인하러 온 간호사에게 물어봐도,

"마취와 약이 잘 듣는 체질인가 보네요. 수술은 잘 끝났으

니까 걱정 마세요."

할 뿐이었다.

후지사와 씨가 눈을 뜬 것은 5시가 지나서였다.

"어, 어머?"

후지사와 씨는 얼굴을 찡그리고 산소마스크를 옆으로 벗기더니, 멍한 눈길로 사방을 돌아보았다.

"어머니는 가셨어요."

"어, 아니, 야마조에 씨?"

아직 아픈 것일까. 잠긴 목소리다.

"회사에서 대표로 왔습니다."

"대표……."

"네. 아무 걱정 말고 푹 쉬라고 했어요, 다들."

"아…… 네……."

후지사와 씨는 고개를 약간 움직이고는 "미안하네" 하고 중얼거렸다. 링거 튜브도 연결되어 있는 데다, 마취가 완전히 깨지는 않았는지 몸이 잘 움직이지 않는 눈치다. 고작 충수염이라지만, 수술을 받으면 이렇게 된다.

"후지사와 씨, 뭐 필요한 거 있어요?"

내가 묻자, 후지사와 씨는 기어 들어가는 소리로 "물이 마시고 싶나…… 목이…… 마르네"라고 말했다.

병실 공기가 건조해서 목이 마른 것이다. 뭐가 들어 있나 싶어 냉장고를 열려는데, 침대 옆에 걸린 '금식'이라는 팻말이 보였다. 음식이라면 몰라도 물도 마실 수 없다니. 나 같으면 바로 발작을 일으키다 못해 그대로 기절할 것 같다. 갈증은 심히 괴롭다. 무슨 방법이 없을까.

"저기요."

나는 복도로 나가, 옆 병실로 들어가려는 간호사에게 말했다.

"후지사와 씨, 눈을 떴는데 목이 마르다고 합니다."

"금식이니까 물은 마실 수 없지만 입을 헹굴 수는 있어요. 입안을 적셔만 줘도 갈증이 가실 거예요. 잠깐 기다리세요."

그러고는 간호사실에서 종이컵을 가져와 건네주었다.

"후지사와 씨, 물을 입안에 머금었다가 뱉어요. 넘기지 않도록 주의하고. 아, 잠깐만요."

나는 후지사와 씨에게 고개를 옆으로 돌리라고 하고, 입에다 살며시 물을 흘려 넣은 다음 바로 빈 컵을 입에 갖다 대었다.

"아, 살겠네……."

입에 머금었던 물을 뱉자, 후지사와 씨는 또 꾸벅꾸벅 잠이 들고 말았다.

그 후에도 몇 번이나 눈을 뜬 후지사와 씨 입에 물을 넣어 주고, "고마워요" "미안하네" 하고 중얼거리는 소리를 들으며 시간이 흘렀다. 마취가 깨는지 조금씩 눈빛이 또렷해지고 말수가 많아지는 모습에 안도한다. 7시가 되자, 면회 시간 종료 방송이 울렸다.

"야마조에 씨, 고마워……."

"아아."

"미안해……."

"신경 쓸 거 없습니다."

"그럼."

"네, 내일 또."

의자에서 일어나는데, 혹시 밤에 목이 마르면, 움직일 수 없어 힘들면, 하고 걱정스러워졌다. 자기 힘으로 움직일 수 없을 때는 누가 옆에 없으면 아무것도 할 수 없다. 그런 생각을 하면서 다시 눈을 감은 후지사와 씨를 보고 있으려니, 경과를 살피러 온 간호사가

"면회 시간 끝났어요."

하고 말했다.

"죄송합니다."

"걱정하지 않아도 돼요. 수술은 잘 끝났고, 내일 오전 중에는 투약도 끝날 테니까 걸을 수 있어요."

"그렇군요."

지금 상태가 이런데, 내일은 걸을 수 있다니. 믿기지 않았지만, 내 걱정은 필요 없다는 뜻이다.

"그럼, 잘 부탁드립니다."

나는 간호사에게 고개 숙여 인사하고 병실에서 나왔다.

병원에서 집까지는 자전거로 30분가량 걸렸다. 페달을 열심히 밟았더니 땀에 흠뻑 젖었다. 의사는 '체력을 키우는 게 중요하다'고 했지만, 힘들어질까 봐 불안해 운동다운 운동을 하지 않았다. 그런데 지금, 노곤하면서도 몸이 상쾌하다. 이렇게 조금씩이라도 움직여야겠다. 벌써 딴딴해진 허벅지를 주무르면서 그렇게 생각했다.

다음 날은 일이 끝나자 회사에서 경트럭을 몰고 병원으로 향했다. 이제 갈 필요가 없지 않을까 했지만, 눈을 똑바로 뜨고 있는 후지사와 씨 모습을 확인하고 싶었다.

"아, 역시 야마조에 씨였어요?"

5시가 좀 넘어 도착했는데, 후지사와 씨는 침대에 앉아 잡지를 보고 있었다. 목소리도 아무 이상 없고, 눈에도 힘이 있다. 어제 그 상태에서 불과 하루 만에 이렇게 회복되는구나. 몸이란 정말 굉장하다고 감탄한다.

"뭐가요?"

"어제도 왔죠? 마취 때문인지 멍해서……. 야마조에 씨가 올 줄은 몰라서, 아침에 엄마가 회사 사람이 왔었다고 하는데도 누군지 감이 안 오더라고요. 미안하네요, 시간을 뺏어서."

"아, 뭐."

"야마조에 씨, 엉뚱하게 재난이네요. 사장님이 사실은 걱정이 많은 사람이라. 기껏해야 충수염인데. 수술, 별거 아니었는데."

후지사와 씨는 내가 어제오늘 사장의 지시로 병원을 찾았다고 여기는 듯하다. 여기 온 것은 내 의지였고, 게다가 전철과 자전거를 동원해서 왔다. 아무 생각 없이 전철에 뛰어든 바람에 발작까지 일으켰다. 그런 얘기를 재미나게 하고 싶은 마음도 있었지만, 굳이 얘기할 일은 아니라는 생각도 들었다.

"어제 어머니를 뵈었어요."

"엄마가 괜한 말을 하지 않았나 모르겠네."

"괜찮습니다. 후지사와 씨와 많이 닮았더라고요."

"그런 말 자주 들어요."

"후지사와 씨, 뭐 먹고 싶은 거나 필요한 거 있어요?"

"필요한 거……? 음, 아, 입원 전에 청소기를 새로 사려고 했는데. 쓰던 게 고장 나서요. 이번에는 무선으로 살까 싶은데."

어제는 축 늘어져서 물도 못 마시던 사람이, 지금은 생기 있게 얘기하고 있다. 평소의 맹한 느낌에, 안도한다.

"그런 거 말고, 지금이요."

"지금?"

"아, 그렇구나……. 아침에 엄마가 냉장고에다 이것저것 채워 놓았고, 휴게실까지 걸어갈 수 있으니까 자판기에서 살 수도 있고. 없네요."

"그렇군요."

자기 의지로 자기에게 필요한 것을 구할 수 있다. 과장스럽지만, 참 엄청난 일이다. 달리 할 수 있는 일이 없을까 해서 커튼으로 나뉜 좁은 공간을 돌아보았지만, 눈에 띄지 않았다. 움직일 수 있는 후지사와 씨를 위해 내가 할 수 있는 일은 이제 없는 듯하다.

"그보다 야마조에 씨, 여기까지 어떻게 왔어요?"

후지사와 씨가 "냉장고에 있는 거 마음대로 먹어요" 하고는 그렇게 물었다.

"야마조에 씨, 전철 못 타잖아요. 설마 걸어온 건 아니겠고. 뭐지? 이동 수단이 생각나지 않네."

"회사에서 경트럭 몰고 왔습니다."

차로 15분이면 올 수 있다. 그 정도 이동으로 이렇게 신기해하다니. 나는 어이가 없었다.

"배달 때 사용하는 경트럭이요? 그건 괜찮구나."

"내가 운전하고, 마음대로 창문 열 수 있고, 내가 세우고 싶은 장소에 내가 세울 수 있는 이동 수단은 괜찮아요."

"아하. 이동 수단에 호불호가 있군요."

호불호가 아니라, 그것밖에 탈 수 없다. 나는 냉장고에서 물을 꺼내 들고 철제 의자에 앉았다.

"아, 참. 내일 스미카와 씨가 면회 온다고 했어요."

내가 그렇게 말하자, 후지사와 씨가 "에?" 하며 얼굴을 찡그렸다.

"왜요. 괜찮은지 얼굴 보러 온다는데, 그렇게 반응하면 안 되죠."

"그럴 거 없는데. 고맙지만, 큰 수술도 아니고. 병원에 사람이 많아서 북적북적하다고, 오지 말라고 해요."

"오면 좋잖아요."

"나 며칠 목욕도 못 했고, 화장도 안 해서 이 꼴인데. 스미카와 씨가 와도 아무것도 해 줄 수 없고……."

"입원 중인데 그러면 어때서요."

"안 돼요, 절대. 이런 꼴은 가족이 아니면 보일 수 없다고요. 야마조에 씨, 말 잘해서 못 오게 해요. 제발."

후지사와 씨가 두 손을 마주 잡고 말했다.

"음, 나 그런 거짓말은 못 하는 데다 평소에 얘기도 잘 안 하는 사람에게 얼버무릴 수 있을지 모르겠군."

"할 수 있어요. 야마조에 씨, 스미카와 씨에게 내 PMS에 대해서도 얘기했잖아요."

"그건 그거고……. 어? 그런데 후지사와 씨, PMS는 괜찮았어요?"

"네. 마취 중이었는지, 아니면 수술 때문에 여유가 없었는지, 아무튼 아무렇지 않았어요. 그보다 아무튼, 아무도 못 오게 해요. 알았죠?"

후지사와 씨는 두 손 모아 내게 빌었다.

"해 보는 데까지 해 보겠지만."

"해 보는 게 아니라, 꼭 그래야 돼요. 별거 아닌 수술에, 벌써 기운도 펄펄한데 면회 오면 미안해서 배가 더 아파진다고요."

후지사와 씨가 허풍스럽게 말하는데 "네, 네, 알겠습니다" 하고 일단은 고개를 끄덕였다.

6시가 되자 저녁 식사 시간이라는 방송이 울렸다.

"보나 마나 죽이겠지."

후지사와 씨가 어깨를 으쓱했다.

"그럼 나는 갑니다."

"아, 네. 고마워요."

"다음에는 회사에서."

"그래요."

죽이지만, 그래도 식사를 할 수 있다. 토요일 아침에는 퇴원할 수 있다고 하니, 이제 도움은 필요 없을 것이다. 나는 마지막으로 병실을 빙 둘러보고는 후지사와 씨에게 손을 흔들었다.

"그럼, 또."

다음 날, 출근하자마자 스미카와 씨에게 보고했다.

"어제 만났는데, 후지사와 씨, 기운이 펄펄하더라고요. 그래서 오히려 신경이 쓰이니까 면회는 오지 않아도 된다고 하던데요."

"어머, 야마조에 씨 어제도 갔어?"

스미카와 씨가 눈을 동그랗게 뜨고 물었다.

"네."

"호오."

스미카와 씨는 의미심장한 미소를 머금었다. 후지사와 씨 어머니도 그렇고 스미카와 씨도 그렇고, 왜 사소한 일을 가지고 연인으로 엮으려는 것일까.

"토요일에는 퇴원하고, 병원도 사람이 많아 북적거리고, 아무튼 면회는 사양하겠답니다."

나는 스미카와 씨의 반응을 무시하고 할 말을 했다.

"저도 이제 안 갑니다."

"그럼, 오늘은 내가 가면 되겠네."

"가지 않는 게 좋을 겁니다. 후지사와 씨, 가족 외에는 더러운 꼴 보이고 싶지 않은 것 같아요."

내가 그렇게 말하자 스미카와 씨는,

"어머낫! 혹시 두 사람 결혼하는 거야?"

하고 큰 소리를 질렀다.

결혼. 그건 또 뭔 소리야. 그 말에 내가 놀라서,

"그게 무슨 말입니까?"

하고 되물었다.

"아니, 미사 씨가 타인에게는 보이고 싶지 않은 꼴이라는데, 야마조에 씨에게는 보여도 괜찮았다는 거잖아."

"아, 그렇게 되는 겁니까. 전혀 아닙니다. 그 사람, 제게는 아무 감정이 없어서 더러운 꼴 보여도 아무렇지 않은 겁니다."

"또 그런 소리. 두 사람 관계가 그렇게 진전이 있었구나. 처음에는 서로 꺼리는 눈치더니."

머리를 잘라 주고, 부적을 주고, 둘이서 사무실을 치우고, 사운드트랙을 같이 듣고. 별 관심이 없던 후지사와 씨가 그런 일을 같이할 수 있는 정도의 상대는 되었다. 게다가 후지사와 씨는 멋대로 우리 집에 찾아왔을 뿐이었는데, 나는 병실로 쫓아가는 사이도 되었다. 결혼을 향하고 있지는 않지만, 우리 사이에 진전이 있는 것은 분명하다.

"아, 바로 맞췄나 보네."

"아니요. 아무튼, 면회는 안 가는 걸로 하세요."

후의를 그런 식으로 물리치자니 꺼림칙했지만, 병실에 나타난 스미카와 씨에게 신경 쓰는 후지사와 씨의 모습은 쉽게 상상할 수 있다.

"기운이 아주 펄펄했으니까 회사에서 다시 만나면 됩니다."

나는 다시 한 번 못을 박고는, 도망치듯 창고로 갔다.

경쾌하게 줄줄이 받아치는 말이 기분 나쁘지는 않지만, 스미카와 씨를 상대로 얘기하고 나면 피곤하다. 배달용 물품을 꾸리면서 나는 안도의 한숨을 쉬었다. 제대로 말했는지는 둘째치고, 그 정도 했으면 스미카와 씨는 면회를 가지 않을 것이다. 큰일을 끝냈다고 안심하려다, 아차 싶었다. 후지사와 씨에게 스미카와 씨가 가지 않는다는 것을 알리는 편이 좋을까.

병실에서 오는지 안 오는지 모르는 채 기다리려면 좌불안석일 것이다. 아니, 내가 말해 줄 테니까 안심하고 있을까. 하지만 후지사와 씨는 내가 제대로 말할 수 있을지 미심쩍

어할 것이다. 면회를 안 간다는 것만이라도 알릴까. 나는 휴대전화를 꺼내 문자를 보냈다.

그런데 퇴근 시간이 되어도 후지사와 씨에게서 아무런 답신이 없었다. 전화도 몇 번 했는데 받지 않았다. 혹시 병원에 휴대전화를 가져가지 못한 것일까. 그냥 내버려 둬도 되겠지, 뭐. 아니다, 어느 쪽인지 모르는 채로 그냥 내버려 두는 것도 못 할 일이다. 그렇다면, 스미카와 씨가 가지 않는다는 걸 알리기 위해서 또 병원에 가야 하나. 그렇게 생각하면서, 나는 경트럭과 대여 자전거를 이동 수단으로 사용할 수 있는 자신을 듬직하게 느꼈다. 가지, 뭐. 봄이 머지않은 저녁나절은 공기도 상쾌하니까.

오늘도 일은 평소대로 끝났다. 후지사와 씨가 사흘이나 쉬어 공백이 클 텐데 모두가 조금씩 메우고 있다. 나이는 먹었지만, 히라니시 씨나 스즈키 씨나, 스미카와 씨 역시 움직임이 가볍고 수고를 아끼지 않는다. 그 덕분인지 구리타금속은 누구 하나 쉬어도 별 타격을 받지 않는다. 누구나 할 수 있는 일을 해서가 아니라, 모두가 일을 잘하기 때문인지도 모른다. 나는 여전히 내 일밖에 안 하지만, 제일 젊은 사람이 이래서 되나 싶어 조금은 미안하다. 하지만 공황장애니 어쩔 수 없다. 마음속으로 변명을 둘러대면서 나는 제일 먼저 회사를 나섰다.

회사의 경트럭을 타고 갈까 했는데, 스미카와 씨가 또 면회를 가나 보다 하고 여기면 성가시다. 그렇다면 자전거. 그런데 번번이 절차를 밟아야 하니 그것도 귀찮다. 그렇지, 이번 기회에 사자. 지난 2년 동안 돈을 그리 쓰지 않아 자전거 정도는 얼마든지 살 수 있다. 나는 어마어마한 계획이라도 세운 것처럼 마음이 들떠, 집으로 가는 길에 있는 자전거 가게에서 자전거를 샀다. 좀 촌스러우려나 했지만, 짐을 옮기는 일도 있을 것 같아 바구니 달린 자전거로 골랐다. 폼은 좀 안 나지만 잘 달리고 가볍고 튼튼한 것. 회색 보디에 짙은 감색 안장. 이 정도면 충분히 멋지다.

바로 페달을 밟아 본다. 내 자전거면 마음대로 사용할 수 있다. 이 나이가 되어서도 새 물건이 생기니 기분이 좋다. 병원까지 자전거로 30분. 딱 적당한 거리에 딱 적당한 운동. 며칠 전에는 아주 오랜만에 탔지만, 오늘은 두 번째라서 쓱쓱 잘 나간다.

병원에 도착하자, 나는 1층에 있는 매점에서 음료를 몇 가지 사 들고 병실로 올라갔다.

"후지사와 씨, 들어갑니다."

그렇게 말하고서 커튼을 열자 후지사와 씨가,

"아니, 야마조에 씨?"

하며 놀랐다.

후지사와 씨는 침대에서 내려와 선반을 정리하고 있었다. 이제 완전히 회복된 모양이다.

"대체 웬일이에요?"

"오늘은 스미카와 씨가 면회 오지 않는다는 걸 알리러. 문자도 보냈는데 답신이 없고, 전화도 안 받고 해서. 후지사와 씨, 휴대전화 안 갖고 있어요?"

"병원이라서 전원 끈 채로 가방에 넣어 뒀는데⋯⋯. 미안해요, 일거리 만들어서."

그렇겠거니 했지만, 어떠랴. 지금은 자전거를 사서 기분이 아주 좋다.

"뭐, 됐습니다."

"아무튼 고마워요. ⋯⋯ 이제 그만해도 되겠네."

후지사와 씨가 그렇게 중얼거리고는 침대에 올라가 앉았다.

"뭘 그만해요?"

나도 철제 의자에 앉았다.

"야마조에 씨가 말을 잘 못 해서 어차피 스미카와 씨가 오겠구나 했거든요. 퇴근길이겠다 싶어서, 침대 주변 정리하고 있었어요. 칫솔이랑 수건 치우고."

"펄펄하네요."

"네. 이제 그런대로 움직일 수 있어서 휴게실도 가고, 복도도 걸어 다녀요. 식사도 보통 환자식이고."

"그렇군요. 그럼, 마시고 싶은 걸로."

나는 매점에서 산 음료를 테이블 위에 늘어놓았다.

사과주스, 이온음료, 재스민차에 보리차.

"우와, 뭘 마시지."

후지사와 씨는 신이 난 표정으로 사과주스를 골랐다. 나는 보리차를 고르고 나머지는 냉장고에 넣었다.

"오늘도 경트럭?"

"아니요, 자전거 샀습니다."

목소리가 자랑스럽게 울려, 나는 웃고 말았다. 후지사와 씨도 따라 웃으면서 "잘했네" 하고는 박수를 쳤다.

"자전거, 편리하던데요. 걷는 것보다 빠르고, 폐쇄감 전혀 없고. 하기야, 중고등학교를 자전거 타고 통학해서. 자전거

엄청 좋아했어요."

"그랬구나."

"공황장애를 앓게 된 후로 제일 큰 쇼핑입니다. 가격으로 나 크기로나."

"와, 큰마음 먹은 거네."

"전철역으로 세 정거장 거리, 자전거 타고 30분이면 오더라고요."

"꽤 빠르네."

"바구니 달린 자전거지만, 그래도 승차감은 좋습니다."

후지사와 씨는 그깟 자전거를 산 일에 몇 번이나 감탄했다. 그 탓에 그만 말이 많아지고 말았다.

공황장애를 앓으면서 잊어버린 것을 지난 반년 사이에 몇 가지나 떠올렸다. 퀸을 즐겨 들었다는 것, 화과자를 좋아했다는 것, 자전거를 잘 탔다는 것. 동시에 할 수 없는 것도 분명히 알았다. 영화관에 들어가고 전철을 타는 건, 아직 못할 듯하다.

하지만 수단은 있다.

미용실에 갈 수 없다면 머리 정도는 집에서 잘라도 되고, 영화관에 갈 수 없으면 팝콘을 먹으면서 사운드트랙을 들으면 된다. 전철을 못 타도 자전거가 있다. 전철 대신이 아니라, 자전거가 훨씬 편할 때도 많다.

　면회 시간이 끝나자, 후지사와 씨가 엘리베이터 앞까지 나와 주었다.

　"엘리베이터 탈 수 있어요? 비상계단도 있는데."

　"계단으로 가죠. 그보다 후지사와 씨, 괜찮겠어요? 무리하지 마요."

　"움직이면 수술한 자리가 좀 욱신거리는 정도지, 다른 데는 아무렇지 않아요."

　"참 몸이라는 게 굉장하네요."

　"그러게. 충수염인데, 구멍 뚫어서 수술하고 사흘 지나니까 이렇게 부활."

　"그게 전부는 아니겠지만, 우리 몸의 회복력이 정말 엄청납니다."

　"응, 그러네요."

　후지사와 씨가 싱긋 웃었다.

　"그럼, 잘 자요."

　"잘 가요."

손을 흔드는 후지사와 씨에게 고개를 꾸벅 숙이고 나는 계단으로 향했다.

어떻게 해서든 누군가에게로 가는 것, 후지사와 씨가 그걸 가르쳐 주었다.

"이렇게 많이 못 마셔요. 모레면 퇴원하니까, 야마조에 씨가 집에 가져가서 마셔요."

그렇게 말하면서 후지사와 씨가 봉투에 넣어 준 음료는 냉장고에 있던 것이리라. 내가 들고 간 것보다 많다. 커튼으로 나뉜 병실의 좁은 공간. 후지사와 씨와 있는 그 공간에는 긴장감도 압박감도 없었다.

11월의 추운 토요일. 머리를 잘라 주겠다고 불쑥 찾아와 가방에서 핸드크림과 쓰레기봉투를 꺼내던 후지사와 씨 모습이 떠올랐다. 엉뚱한 짓을 서슴없이 하는 것보다 후지사와 씨의 그런 부분이 좋다. 나는 그렇게 생각했다.

17

그
여
자

퇴원하는 날. 아침부터 날씨가 맑아 상쾌했다. 병실까지 환한 햇살이 비쳤다. 겨우 닷새 있었을 뿐인데 벌써 바깥공기가 그립다. 큰 병은 아니었지만, 갇힌 공간에서는 역시 기분이 울적해진다.

4인실이었는데 환자는 둘밖에 없었다. 그나마 몇 번 스쳤을 뿐이다. 나보다 열 살 정도 위일까. 이름은 병실 문에 명패가 붙어 있어 알았지만, 그 외에는 가벼운 병인지 무거운 병인지도 모른다. 입원 기간이 얼마나 되는지, 언제 퇴원하는지, 병원에서 중요한 사항을 전혀 모른다. 아침부터 밤까지 한 공간에서 함께 생활했는데, 스치면서 살짝 인사만 하는 정도였지 관계는 깊어지지 않았다.

마지막 회진이 끝났다. 침대를 정리하자, 빠뜨린 것은 없는지 간호사가 확인했다. 이제 내려가 접수창구에서 정산하고 나면 밖으로 나갈 수 있다. 이제 가도 될까. 입원은 처음이라, 이런 때 같은 병실 환자에게 인사라도 한 마디 해야하는 건지 잘 모르겠다. 아무 말도 않고 사라지면 실례일까. 먼저 퇴원한다고 알리면 마음이 상할까. 상대의 처지와 심정을 모르면 어떻게 행동해야 좋을지도 알 수 없다. 그런 때는 뭐든 하지 않는 것이 최선일지도 모른다.

그런 생각을 하면서 짐을 챙기고 있는데,

"아아, 다행이다."

하며 병실에 야마조에 씨가 들어왔다. 서둘러 왔는지 볼이 뻘겋다.

"왜 또 왔어요? 나, 퇴원하는데."

"그렇죠. 데리러 왔습니다. 아, 자전거로 와서 짐이라도 옮길까 하고."

"짐?"

환자복은 병원 것이고, 수건과 속옷과 칫솔 등은 쇼핑백 하나에 다 들어갔다. 이제 마음대로 걸을 수도 있으니 이 정도는 내가 들고 가면 된다. 그래서 오겠다는 엄마에게도 오지 말라고 했다.

"나, 택시 타고 가려고 했는데…… 그러니까, 괜찮은데."

"그래도 여기서 1층까지 내려가야 하고, 후지사와 씨 집은 몇 층이죠?"

"3층."

"그럼, 집까지 들고 가는 거 힘들잖아요?"

"그런가."

수술한 자리가 조금 욱신거리기는 하지만, 별거 아니다. 쇼핑백 하나쯤 얼마든지 들고 갈 수 있다.

"택시가 먼저 도착하면 안 되니까, 지금 바로 짐 가져갈게요."

"괜찮아요. 나 이제 아무렇지 않은데. 택시가 자전거보다 옮기기 편하고."

"아닙니다. 바구니 있어요, 내 자전거."

야마조에 씨는 의자에 놓인 쇼핑백을 집어 들고, "아, 주소 가르쳐 주세요" 하고 말했다.

"그렇게까지 안 해도……."

"여기까지 왔으니까. 아무튼, 주소."

자꾸 재촉해서 주소를 알려 주었다.

"그럼, 짐은 집 앞에 놓아둘게요. 후지사와 씨, 서둘지 말고 천천히 돌아와요. 아, 그리고, 이거."

야마조에 씨가 내게 조그만 봉투를 내밀었다.

"텔레비전 카드입니다. 병실 냉장고 사용할 때도 필요하죠?"

"그런데요."

텔레비전은 많이 보지 않지만, 이 병원은 냉장고를 사용하려면 텔레비전 카드가 필요하다. 그래서 나도 몇 장이나 갖고 있다.

"후지사와 씨, 카드 얼마나 남았어요?"

"3시간 정도 남았는데."

"그렇죠. 후지사와 씨는 남지 않게 사용하는 거, 잘 못 할 것 같으니까."

무슨 뜻이야. 나는 얼굴을 찡그렸다.

"그 카드를 봉투에 같이 넣어서, 퇴원 인사 겸 남아 있는 환자분께 드리면 어떨까 해서요. 후지사와 씨다운 생각 같은데."

야마조에 씨는 그렇게 말하고는, 내 짐을 들고 병실에서 나갔다.

"그럼, 먼저 갑니다."

"뭐가, 그럼이야……."

순식간의 일에 어안이 벙벙해 있는 사이에, 야마조에 씨의 뒷모습은 사라지고 말았다.

뭐지, 지금 저 행동. 겨우 아침 10시다. 느닷없이 나타나 놀라고 있는데, 봉투를 건네고 짐을 가져갔다. 야마조에 씨가 저렇게 몸이 가벼운 사람이었나. 자전거가 그렇게 편히 움직일 수 있는 이동 수단이었나. 그런 생각을 하면서 봉투를 열어 보았다. 1,000엔짜리 텔레비전 카드 두 장.

"엄마와 동료들이 면회 올 때마다 사 줘서, 좀 남았어요."

그렇게 말하면서, 상대에게 부담되지 않게 건넬 수 있으리라. 야마조에 씨 말대로, 그야말로 내가 생각할 만한 일이다. 타인에게 선물을 할 때도 상대에게 부담되지 않을 것을 생각다 못해, 결국은 실용적인 하잘것없는 물건을 고르고 마는 나다.

하지만, 이 병원에서는 텔레비전 카드가 최선의 선택일지도 모른다. 음식은 알레르기나 제한이 있을지도 모르고, 책이나 수건도 취향이 저마다 다르다. 손바닥 절반만 한 크기의 카드. 남으면 환불 받을 수도 있으니 버려지지 않는다.
건네면서 인사도 할 수 있다.

"저, 오늘 퇴원하는데, 괜찮으시면 이거."

건너편 침대를 향해 말을 건넸다.

"그러시네요."

하는 소리가 들리고 커튼이 열렸다.

"죄송해요, 갑자기."

"아니에요."

여자가 침대에서 몸을 일으켜 앉았다.

"이거, 텔레비전 카드인데, 좀 남아서…… 괜찮으시면."

내가 카드가 든 봉투를 내밀자,

"이런, 고마워요. 받아도 되나 모르겠네."

여자가 미소 지었다.

"남은 거라 죄송하지만."

"괜찮아요. 퇴원하시네요. 축하합니다."

"감사합니다."

나는 살짝 머리를 숙였다.

"저도 다음 주 목요일에는 퇴원할 수 있을 것 같아요."

"그렇군요."

퇴원이 그리 머지않아 다행이다.

"아직 날씨가 추우니까 몸조리 잘하세요. 갑자기 움직이
면 힘드니까 무리하지 마시고요."

처음으로 얼굴을 마주한 여자의 말이, 의외로 마음에 스
민다.

"네, 조심할게요. 감사합니다. 그럼……."

몇 마디 말을 나눴을 뿐인데, 후련했다. 겨우 몇 마디 대
화에 긴장이 풀린 듯한 느낌이다. 이제, 후련하게 퇴원할 수
있다. 병실에서 나와서, 천천히 가야 한다 생각하자 한숨이
나왔다. 아무리 달려도 자전거보다 택시가 먼저 도착한다.
시계를 보니, 야마조에 씨가 병실을 나선 지 20분도 지나지
않았다. 좀 쉬었다 갈까. 나는 입원비를 정산하고, 자판기에
서 산 재스민차를 로비에서 마신 다음에 병원을 떠났다.

내내 누워만 지내서 그런지, 수술 탓인지, 밖으로 나서자
조금 어지러웠다. 3월의 부드러운 햇살조차 눈부시다. 불과
닷새 사이에 봄이 한결 짙어졌다. 바람과 빛과 연둣빛 나무
들. 사방에 봄기운이 완연하다.

병원 입구에 서 있는 택시를 타고 아파트로 돌아오니, 집
앞에 쇼핑백이 놓여 있었다. 다행이다, 나중에 와서. 별거 아

닌 일에 안심하고는 쇼핑백과 함께 놓인 편의점 봉지를 들고 집 안으로 들어간다. 편의점 봉지에는 '퇴원 축하'라고 매직으로 쓰여 있었다.

야마조에 씨의 병에 대한 태도는 좀 이상하다. 전에는 공황장애와 PMS를 똑같이 취급한다고 화를 낸 주제에, 충수염 수술을 받고 퇴원한다고 달려오지를 않나, 축하까지 해주다니. 그래도 퇴원 축하, 고맙다. 봉지 안에는 이런저런 젤리가 다섯 개나 들어 있었다.

집 안 정리를 좀 하고는, 종일 뒹굴거렸다. 몸이 수술의 영향을 생각보다 많이 받았는지, 조금만 움직여도 피곤했다. 일요일에도 대낮까지 자고 일어나, 젤리를 먹으면서 멍하게 지냈다.

빨리 일상으로 돌아가고 싶은 반면, 느긋하게 몸이 회복되어 가는 감각도 나쁘지 않았다. 배가 아파서 무슨 일인가 싶어 병원에 갔다가 바로 입원하고, 충수염이라는 진단에 큰 병은 아니라고 안심하고 있었더니, 그다음 날 수술. 간단한 수술이었지만 몸을 움직일 수 없었고, 그런데도 이틀이 지나자 걷게 되었다. 몸이란, 내가 생각하는 이상으로 강하다고 감탄한다.

그건 그렇고. 야마조에 씨가 자전거를 타게 되었다니. 대체 무슨 일이 있었던 걸까. 도보가 아닌 이동 수단이 생겼다는 건 야마조에 씨로서는 큰 변화다. 나도 지금 장소에서 마음대로 움직일 수 있는 수단이 생겼으면 싶다. 그런 생각을 하다, 불현듯 입원 전의 일이 떠올랐다. 입원 때문에 잊고 있었는데, 부적을 누가 보냈는지 알게 되지 않았나.

뭐였더라. 그날, 야마조에 씨가 보여 준 홈페이지를 기억에서 뒤적거린다. 퀄리티 어쩌고 하는 회사였는데. 노트북을 켜고 검색한다. 퀄리티 S&M. 맞다, 이 회사다.

이 회사의 누군가가 야마조에 씨에게 부적을 보냈다. 겨우 반년 정도 일하고 떠난 신입사원에게 그런 호의를 베푼 걸 보니, 좋은 회사였나 보다. 그리고 야마조에 씨 자신이 지금도 간혹 말하는 것처럼, 지금까지 신경을 써 줄 만큼 일을 잘했던 것이리라.

홈페이지가 보통 그렇지만, 직원들 사진에서 화기애애하고 활기찬 기운이 풍긴다. 11월에 이세신궁을 다녀온 기록도 있었다. 사진 밑에 '회사의 무궁한 발전과 여러분의 행복을 기원했습니다'라고 쓰여 있다.

부적을 보낸 사람은 그 기원이 야마조에 씨에게도 전해

졌다는 것을 알고 있을까. 최소한 잘 받았다는 것만이라도 알려야 하지 않을까. 그 상사에 대해 얘기하던 야마조에 씨 모습을 봐서도 그가 신뢰 가는 사람이란 걸 알 수 있다. 하지만, 이 역시 괜한 참견일까. "후지사와 씨는 또 괜한 일을" 하고 눈살을 찌푸리는 야마조에 씨 얼굴이 떠오른다. 담담한 척하지만, 야마조에 씨의 오지랖 또한 만만치 않다. 매일 병원에 찾아오지 않나, 마지막에는 텔레비전 카드를 준비하고 짐까지 옮겨 주었다.

피차 똑같다며 혼자 변명을 하고는, 나는 회사 고객센터 앞으로 메일을 보냈다. 야마조에 씨가 부적을 잘 받았다, 나는 같은 회사에 있는 동료이고 그 모습을 옆에서 보았다는 내용으로. 일요일인데, 그날 저녁때 답신이 왔다.

후지사와 씨.

메일 보내 주셔서 감사합니다. 저는 전에 야마조에 씨와 함께 일했던 쓰지모토라고 합니다. 작년 말에 회사에서 단체로 이세신궁에 갈 기회가 있어, 그때 산 부적을 야마조에 씨에게 보냈습니다.

그 건으로 바로 며칠 전, 야마조에 씨에게 편지를 받았습니다.

새로 들어간 회사에서 마음이 따뜻한 사람들과 함께 그럭저럭 일하고 있다는 것, 조금씩이나마 지금 직장에서 할 수 있는 일을 해 나가고 싶다는 것 등등.

그가 좋은 환경에서 일을 향해 움직이고 있다는 것을 알고 안심했습니다.

앞으로도 야마조에 씨를 잘 부탁드립니다.

어떻게 된 거야? 나는 몇 번이나 메일을 다시 읽었다. 그러니까 야마조에 씨가 부적을 보낸 사람에게 편지를 보냈다는 말인데. 그렇게 별일 아닌 척하던 사람이?

하지만 그 메일 하나로, 나는 야마조에 씨가 어떤 마음을 담아 편지를 썼는지 알알이 알 수 있었다. 이세신궁과 히요시신사 신의 힘. 예전 직장과 지금 직장 상사의 기원. 부적은 그 효과를 족히 발휘했다.

18

／

그
남
자

　3월 하순. 후지사와 씨가 회사로 복귀, 구리타금속에 일
상이 돌아왔다. 다소 싸늘하던 바람이 따스해지자, 사장은
슬슬 스토브를 치우자고 했다. 봄이다. 초등학생 때부터 4월
에 새 학년이 시작되어 그런지, 설날보다 4월이 오는 게 더
가슴 설렌다.

　"요즘 야마조에 씨 혈색이 아주 좋은데!"

　점심을 먹는데, 사장이 내게 말했다.

　"그런가요?"

　"운동이라도 시작한 거야? 조깅이나 뭐, 그런 거. 몸도 탄
탄해진 것 같고."

"운동이요?"

내가 고개를 갸웃하고 있자, 옆자리의 히라니시 씨도 같이 놀렸다.

"그러고 보니까 멀쑥해졌잖아. 남몰래 체력 단련하고 있는 거 아니야? 비밀로 하지 말고 어디 말해 봐."

"아무것도 안 하는데요. 그냥 자전거 타고 출퇴근하는 것밖에는. 그 덕분인가."

"호오. 자전거가 그렇게 몸에 좋은가. 요즘에 배도 많이 나왔는데, 어디 그럼 나도 타 볼까."

그렇게 말하면서 사장은 팥빵을 덥석 베어 물었다.

"그렇게 먹어 대면서 운동을 하면 뭘 하나."

히라니시 씨가 웃으면서 사장에게 말했다.

걸어 다니던 곳을 자전거를 타고 다닐 뿐, 운동량에는 큰 변화가 없다. 다만, 자전거는 보다 멀리까지 빠르게 이동할 수 있다. 이동 범위가 넓어졌다는 사실이 내게 자신감을 선사해 주었다. 공황장애와 더불어 시작되었던 만성적인 운동 부족이 조금은 개선되었을 수도 있다. 하지만 이제 겨우 열흘, 눈에 띄는 변화가 있을 리 없다. 그런데도 그 점을 슬며시 지적하다니, 사장의 눈썰미가 의외로 날카롭다. 관대함이 장점처럼 보이지만, 힘이 있는 사람이다. 아니, 사장만이 아니다. 실적을 올린다는 목표가 없을 뿐, 구리타금속의 모든 직원이 일을 못 하는 게 아니다.

후지사와 씨가 쉬는 동안에도 일은 전혀 정체되지 않았다. 지금까지 누구 하나 쉬어도 문제가 생기지 않는 것은, 한 사람이 하는 일의 양이 얼마 안 되고, 누구든 메울 수 있는 일이기 때문이라고 생각했다. 그러나 후지사와 씨는 사무에 잡무에 손님 접대까지 쉴 새 없이 움직인다. 나흘이나 자리를 비우게 되면 공백이 크리라 여겼는데, 후지사와 씨가 없어도 전체적으로는 전혀 지장이 없었다. 사무는 스미카와 씨가, 손님 접대는 사장이, 나머지 일은 히라니시 씨와 스즈키 씨가, 그들 자신도 인식하지 못할 만큼 자연스럽게 맡아 했다.

자신이 얼마나 일을 열심히 하고 노력하고 있는지 내세우지 않을 뿐, 유능한 인간이, 적어도 나보다 능력 있는 사람들이 구리타금속에 모여 있다. 어렴풋이 느꼈던 일이 후지사와 씨가 없어 더욱 분명해졌다.

내게는 더없이 편하고 안락한 직장이다. 하지만, 일하는 보람이 없는 재미없는 직장이기도 하다는 생각은 나의 터무

니없는 오만일 수도 있다. 공황장애를 앓고 있는 나 같은 사람에게도, 눈치를 너무 보는 후지사와 씨에게도, 편하고 스트레스가 없는 직장이다. 그건 절대 일이 편해서가 아니다. 구리타금속의 이 멤버가 만들어 내는 분위기가 있어 가능한 일이다.

부적을 보내 줘서 고맙다는 편지를 보냈더니, 쓰지모토 과장에게서 이런 편지가 왔다.

어떤 직장이 되었든, 즐겁게 갖가지 일을 시도해 보려는 자네 모습이 눈에 선하군. 실제로는 마음처럼 움직일 수 없는 상황이더라도, 자네 마음은 언제나 그러고 싶어 하겠지. 그렇게 생각하네.

쓰지모토 과장이 보던 시절의 나와 지금의 나는 아예 다르다. 일도 잘 못 하고, 움직임은 굼뜨고, 머리는 맑지 않고, 더구나 소통 능력은 거의 10분의 1로 줄었다.

그래도 나는 일이 좋았다. 자전거를 타고, 화과자를 먹고, 음악을 듣는 게 좋았던 만큼이나, 실은 일에 푹 빠져 있었다. 막 배운 일을 조금씩 익혀 나가고, 여러 가지 아이디어를 형태화하는 게 정말 즐거웠다.

　나는 공황장애 환자다. 집단행동, 전철 이동, 외식. 할 수
없는 건 할 필요가 없다. 억지로 무리를 해서 몸과 마음이
힘들어지면 증상이 악화된다. 그런 다짐으로 많은 것을 스
스로 떨궈 냈다. 하지만, 좋아하는 것까지 멀리할 필요는 없
다. 나를 위해 남몰래 기도해 주는 사람도 있으니.

　"아, 부적, 고마웠습니다."

　나는 팥빵을 다 먹고 크림빵 봉지를 뜯으려는 사장에게
말했다.

　"부적……? 아, 음, 그거 말이야."

　사장은 나쁜 짓을 했다가 들킨 아이 같은 표정을 짓고는
"에헤헤" 하며 머리를 긁적거렸다.

　"가방에 갖고 다니고 있습니다."

　"그거 고맙군. 아, 그런데, 내가 쇼핑백에 부적을 내 것까
지 넣었지 뭐야. 그래서 우편함을 다시 열었더니, 다른 부적
도 들어 있는데, 부적만 달랑 있잖아. 그래서 멋대로 내 쇼
핑백에 같이 담았어."

　"감사합니다."

　"야마조에 씨, 부적 많이 받는 모양이야."

"그게⋯⋯."

"그렇게 여러 사람이 염려해 주다니, 엄청나군. 나는 한 번
도 받아 본 적이 없어서 부러워. 하기야 이런 늙은이를 누가."

사장은 웃으면서 말했다.

부적은 고맙다. 염려해 주는 것도 고맙다. 하지만 나는 아
직 20대다. 살아온 날보다 앞으로 살아갈 날이 훨씬 더 많
다. 그리고 아직은 당연히 내 힘으로 움직일 수 있다. 남들
의 기원만 받고 있을 때가 아니다.

"기획안이라니, 야마조에 씨가 작성한다는 거야?"

금요일, 일을 끝내고 돌아가는 길. 자전거를 밀면서, 후지
사와 씨와 나란히 걸었다.

"기획안이라고 하니까 대대적으로 들리는데, 그냥 재미있
지 않을까 해서 올려 볼까 합니다."

"우와, 대단하네."

"아직 그냥 구상 단계예요."

"갑자기 의욕이 불타오른 거네. 대체 왜?"

"얼마 전에 사장님이 몸도 탄탄해지고 혈색도 좋아졌다
고 하더라고요."

후지사와 씨는 내 몸을 빙 돌아보고는 "그런가" 하고 고개를 갸우뚱했다.

"거참, 여전히 무례하군요. 아무튼, 나도 몰랐는데, 아마 자전거를 몇 번 타서 조금은 건강하게 보였을지도 모르죠."

"아하. 운동이 정말 중요하네. 그래서?"

"사장님이 정말 대단하다 싶었습니다. 일개 직원의 그런 사소한 변화까지 알아차리니."

"좋은 사람이니까."

"사람이 좋다고 사소한 변화를 알아차리는 건 아니죠. 사장님은 예리한 겁니다."

"그런가?"

후지사와 씨는 수긍이 안 된다는 표정이다. 사장이 언제나 느긋하고 관대하다 보니 온화한 점만 부각될 만도 하다.

"그럼요. 구리타금속에는 관대한 사장님에 유능한 직원이 있어요. 그야말로 앞으로 얼마든지 발전할 수 있는 회사라고요."

"유능한 직원이 누군데?"

"모두요."

"멋대로 나까지 넣지 마요."

후지사와 씨가 어깨를 움츠렸다.

"얼마 전에 후지사와 씨가 나흘이나 쉬었잖아요. 그런데 회사 일에 전혀 지장이 없었어요."

"그야 그렇죠. 내가 하는 일이 뭐, 별거 있나."

"아니요. 후지사와 씨는 상당히 많은 일을 하고 있어요. 그런데 각자가 서로에게 부담되지 않게 알아서 움직여서 후지사와 씨의 빈자리를 메웠다고요."

"그랬구나."

"예순 살이 넘었는데, 히라니시 씨는 얼마나 민첩하던지. 히라니시 씨, 거래처 사람들의 생일까지 다 알고 있었어요. 스즈키 씨는 또 어떻게요. 상품에 관한 지식이 풍부해서 못하나 가지고도 30분은 얘기할 수 있다고요."

"어마어마하네."

후지사와 씨가 눈을 동그랗게 뜨고 내 얼굴을 보았다.

"그렇죠. 나도 놀랐습니다."

"그 말이 아니라. 스즈키 씨가 상품에 대해 잘 알고 히라니시 씨가 거래처 사람들과 친하다는 건 알고 있었어. 야마조에 씨가 그런 걸 알고 있다는 데 놀란 거예요. 회사 사람들이랑 그 정도로 얘기하고 있는 거네."

"나는 말 안 하는데요. 사람들이 얘기하는 걸 듣고 안 거지."

"그렇게 관심이 있었다니, 야마조에 씨가 야마조에 씨 같지 않네."

뭐라는 거야. 그래도 반가운 표정으로 말하고 있으니, 칭찬인 것이리라.

"아무튼, 몇 가지 방법을 생각해 보려고 하는데."

"방법?"

"우리 회사의 발전을 위한."

"예를 들면?"

후지사와 씨 역시, 예상했던 대로 들뜬 표정으로 나를 쳐다보았다.

"구리타금속은 회사 규모에 비해 상품의 종류가 많잖아요. 못이든 합판이든."

"그런가."

"철물점이나 인테리어업체가 아니더라도, 그냥 일반 사람들이 갖고 싶어 하는 상품도 많지 않나 싶은데. 전문적인 물건들은 그냥 보기만 해도 재미있고, 그래서 요즘 직접 만드는 사람도 많아졌어요."

"아하."

"한 달에 한두 번, 일요일이나 공휴일에 창고를 개방하는 건 어떨까 해요. 평소에 들어가지 못하는 창고에서 상품을 구경할 수 있다, 그것만 해도 흥미롭지 않을까요."

"음, 그러네."

"그래서 쉬는 날에 출근하게 되는데, 그 대신 후지사와 씨는 평일에 쉬어도 됩니다."

"에? 내가 쉬는 날 출근한다고 벌써 정해진 거야?"

"이런 일은 젊은 사람들이 해야 한다고 하면서 사장님도 나올 것 같고. 아무튼 후지사와 씨는 PMS 낌새가 있는 날 이틀을 계속 쉬면 되지 않을까 하는데. 구리타금속은 직원 들에게도 후한 회사니까."

"생각을 많이 했네. 그런데 너무 힘들지 않을까?"

"개인을 상대로 하는 거니까 물건을 많이 옮겨 둘 필요는 없겠죠. 지금보다 일의 양도 조금 늘겠고. 하지만 다른 사람 들에게는 거의 부담이 없을 겁니다."

"대단하네, 야마조에 씨. 음, 대단해요."

후지사와 씨가 같은 말을 두 번이나 해서, 계획이 보다 확 실해진다.

"나, 일을 좋아했나 봅니다."

"응, 알아요."

"후지사와 씨도 그렇죠?"

"나? 과연······."

후지사와 씨는 자신 없는 소리로 그렇게 대답했지만, 휴일에 나와 사무실을 정리할 정도다. 일을 싫어하는 사람은 그러지 않는다.

"아, 창고 레이아웃도 조금 바꿔야겠군요. 업자용과 개인용을 구분해서, 알아보기 쉽게, 손에 들고 보기 쉽게. 그리고 일요일보다는 토요일에 개방하는 편이 좋으려나. 토요일에 쇼핑해서 일요일에 작업하는 사람이 많을 것 같은데."

"그렇네. 그럼, 조금 더 구체적으로 구상해서 사장님에게 얘기해 보죠, 뭐."

"그래요. 사장님도 좋아할 겁니다."

"그러면 좋겠는데."

윤곽이 흐릿했던 생각이 말로 하자 구체적으로 변한다. 막연한 아이디어도 타인과 공유하면 움직이기 시작한다. 그리고 후지사와 씨와 얘기하면, 정말 그렇게 할 수 있을 듯한 기분이 든다.

"그럼, 또."

"응. 내일."

역에 도착해, 개찰구로 들어가는 후지사와 씨의 뒷모습을
보면서 나는 자전거에 올라탔다.

19

그
여
자

　창고 분위기를 잃어서도 안 되고, 너무 삭막해도 들어서기가 쉽지 않을 것이다. 입구에 간판을 세우고 싶은데, 허접해지는 것은 피하고 싶다. 분위기가 중요하다. 그리고 우선은 광고를 해야 한다. 홈페이지는 나와 야마조에 씨가 만들 수 있지만, 동네 사람들에게 알리려면 전단지가 좋을지도 모른다.

　그렇게 생각하기 시작하자, 즐거웠다.

　일하지 않으면 살아갈 수 없고, 일이 없으면 매일 할 일도 없다. 그래서 회사에 나간다. 하지만, 일을 해서 얻는 것은 그게 전부가 아니다. 자신이 할 수 있는 일을 통해 조금이라도 무언가에 도움을 주고 싶다. 자기 안에 있는 어떤 생각을 밖으로 드러내 형태로 만들고 싶다. 일은 그런 욕구를 충족해 준다. 눈앞에 막연히 있는 시간에 일로써 다소나마 의미를 부여할 수 있지 않을까.

평온하고 편한 것이 구리타금속의 좋은 점이다. 그렇게만 분석하고, 내게는 이 직장이 잘 맞는다고 믿었다. 한편, 정년이 될 때까지 이런 생활을 해도 될까 하는 불안감도 있었다. 이대로 살면 무언가가 부족하다. 마음 어느 구석에는 분명히 그런 생각이 있었는데, 왜 나는 움직이려 하지 않았을까. 사장은 약간의 실수에는 화내지 않는다. 작은 회사라서 오히려 전체적인 일에 관여할 수도 있다. 착실하게 일한다고 여겨지고 싶은 반면 나선다고 여겨지고 싶지는 않았다. 적당한 선에서 행동하려고 애쓰느라 수많은 기회를 놓쳤다. 보람을 찾을 기회 역시.

"신문에 전단지를 넣으려면 한 장에 3엔. 제법 돈이 드네. 신문 구독하는 사람은 사실 많지 않은데."

"그렇죠. 이 동네는 산책 겸 포스팅하는 방법이 어떨까 하는데. 그리고 슈퍼마켓에는 전단지를 비치할 수 있도록 교섭해 봅시다. 우선은 광고에 어느 정도 투자할 수 있는지가 관건이네요."

야마조에 씨의 구상을 들은 다음 날.

토요일인데 회사에 나갔더니 야마조에 씨도 나와 있었다. 둘 다 서로가 나왔다는 사실에 놀라지도 않았다. 아침부터 같이 창고 내부의 배치도를 그리고, 사무실에서 점심을 먹으면서 광고를 어떻게 할지 의논했다.

"그러고 보니까 야마조에 씨 면접 때, 컨설팅회사에 다녔다고 사장님이 구리타금속도 잘 부탁한다고 했던 거 같은데."

"그랬나요?"

"그때는 이렇게 실현하는 날이 올 줄은 몰랐겠지, 사장님."

"면접 때는 몸도 안 좋고 머리도 띵해서, 무슨 말을 했는지 기억이 안 납니다."

야마조에 씨가 주먹밥을 먹으면서 말했다.

"그런 사람을 어떻게 고용했나 몰라."

"우리 사장님이 재능을 알아보는 눈이 있는 거죠."

야마조에 씨가 그렇게 말해서, 둘이 웃었다.

"PMS인 후지사와 씨에 공황장애인 나. 실적에 신경 쓸 필요가 없는 회사라서 인도적인 차원에서 뽑아 주었나 했는데, 내가 주제를 몰랐던 거였어요."

"그런 게 아니었단 말인가요?"

나도 그렇게 생각했다.. 면접 때 PMS라는 걸 밝혔는데 뽑아 준 곳은 구리타금속밖에 없었다. 사람은 얼마든지 있다. 한 달에 한 번 이유도 없이 짜증을 부리고 화를 내는 데다 언제 쉴지 알 수 없는 사람을 굳이 고용할 필요는 없다. 사장이 갈 곳 없는 내게 선심을 베풀었나 했다.

"구리타금속은 자선사업을 하는 회사가 아니잖아요. 당연히 성과를 요구합니다."

"하긴 뭐, 월급을 받으니까."

"이 회사, 우리 외에는 직원이 전부 예순 살 전후라고요. 그런데 최근 와서 젊은 사람을 둘이나, 그것도 이직하는 우리를 받아 주었다는 건 회사에 어떤 변화를 가져다줄 거라고 상정했기 때문 아니겠어요."

"그렇게 생각할 수도 있는 건지, 잘 모르겠네."

나는 따끈한 차를 마시면서 말했다. 그런 생각, 나는 한 번도 하지 않았다. 아마 사장도 비슷하지 않을까. 젊은 사람이 들어와 활기가 생기면 좋겠다, 그 정도 아니었을까.

"평온함 속에서 얻는 안락함만으로 살아가기에, 우리는

아직 젊다고요."

야마조에 씨는 그렇게 말하고 컴퓨터를 켰다. 홈페이지를 만들려는 듯하다.

"그래도 무리하지 마요. 갑자기 이렇게 힘을 쓰다가."

"무리하지 않습니다. 주말에 일하는 만큼 평일에 쉬게 해 달라고 요청할 거예요. 요즘 일하기 편한 환경은 바로 회사의 이미지 상승으로 이어지니까 말이죠."

"그렇구나."

야마조에 씨는 좋아했던 게 기억났다고 했다. 화과자에 자전거, 그리고 일. 좋아했던 걸 다시 획득한 야마조에 씨는 홀가분해 보인다.

나는 뭘 좋아했더라. 사회로 나올 때, 뭘 하고 싶어 했더라.

영화를 보고, 방을 이리저리 꾸미고. 나름 좋아하는 것은 있다. 하지만 희망을 가져 본 적이 없었다. 사람들과 잘 교류하고, 평온하게 지내고 싶다. 싫은 일은 피하고, 마음에 껄끄러움이 남지 않도록. 하루가 끝날 때마다, 주말이 돌아올 때마다, 안도했다. 계속 그런 식으로 살아왔다. 하고 싶지 않은 일은 있다. 그러나, 하고 싶은 일은 과연 있었나.

"후지사와 씨는, 누가 기뻐하는 걸 좋아하잖아요."

멍하니 생각에 잠겨 있는 내게, 야마조에 씨가 말했다.

"무슨 뜻이지?"

"사람의 평가를 의식하고 사람들에게 잘 보이려고 한다 하면 듣기 거북하지만, 그냥 사람들이 기뻐하는 걸 좋아해서 그러는 거잖아요. 신경을 써서가 아니라, 자기가 좋아하니까 그렇게 하는 거라고요."

"그런가."

"좋아하지 않으면 이렇게까지 못 하죠."

야마조에 씨는 책상에 늘어놓은 점심을 가리켰다.

"그게 뭐?"

"후지사와 씨, 유난히 많이 먹는 것도 아니잖아요? 나도 그렇고요. 내가 뭘 먹을지 이래저래 생각하다가 이렇게 많이 산 거잖아요."

어쩌면 야마조에 씨도 회사에 올지 모른다 싶어, 편의점과 빵가게에 들러 사 가지고 온 것이 둘이 먹기에는 정말 너무 많다. 하지만, 거기까지 깊이 생각하고 산 것은 아니다. 야마조에 씨, 가리는 게 많고 투덜거릴 것 같아서 뭘 고를지 망설였을 뿐이다.

"벚잎떡. 나, 화과자 중에서 제일 좋아해요."

하지만 그렇게 말하며 웃는 야마조에 씨를 보고는, 다행이라고 생각했다.

남들에게 나쁘게 보이고 싶지 않아서인지, 남들이 좋아하는 걸 보고 싶어서인지, 내 행동의 근원에 있는 심리는 나자신도 모른다. 하지만 미움을 사고 싶지 않다는 마음뿐이라면, 비참하다. 신경을 쓰는 게 아니라 좋아서 하는 거라고하면 마음은 가볍다.

"그렇게 생각하면, 조금은 나 자신이 좋아지겠네."

"억지로 좋아할 건 없죠, 뭐."

간식 시간 때까지 기다리지 못하겠다면서 벚잎떡을 집어들고 야마조에 씨가 말했다.

"정말? 자기를 좋아하는 게 기본이잖아요. 자기를 소중히여기지 않는 사람은 남도 소중히 여기지 않는다는 말, 자주듣는데."

"그런 논리가 세상에 통용된다면 사람을 소홀히 하는 사람이 속출할 텐데요. 후지사와 씨, 잘못 들은 거 아닙니까?"

"설마."

초등학생 때부터 자신을 좋아하는 게 중요하다는 말을 수도 없이 들었다. 노래에서도 소설에서도 자기를 좋아하고, 자기를 좋아하는 사람이 타인도 사랑할 수 있다고 흔히 말한다.

"나는 내가 싫습니다. 겁쟁이에다, 앞날도 불투명하고요. 좋아할 수 있는 요소가 없다고요."

야마조에 씨는 컴퓨터 앞에 앉은 채 몸을 이쪽으로 돌리고 얘기했다.

"그렇게 비관할 건 없잖아요."

"비관하는 게 아니에요. 다만 문어와 나 자신을 좋아하지 않을 뿐이지. 하지만 후지사와 씨를 좋아할 수는 있습니다."

"에?"

"나 자신을 싫어하지만, 후지사와 씨를 좋아할 수는 있다고 말했습니다."

이 말은 나를 좋아한다는 것일까. 지금, 나는 이 사람에게 고백을 받은 것일까. 아니다, 하지만 좀 이상하다.

"아니, 저기요. 다시 한 번 알기 쉽게 말해 봐요."

"아, 내가 문어를 싫어하거든요. 징그럽고, 식감도 고무처럼 질경거리고. 요리를 어떻게 하든 못 먹어요."

"그건 알겠는데, 나를 좋아한다고 했나요?"

"아니요. 좋아한다는 게 아니라 후지사와씨를 좋아할 수는 있다고 했습니다."

좋아할 수는 있다. 잘못 들은 게 아니었다. 역시, 가능형으로 말했다.

"무례한 말인지 고마운 말인지 모르겠네."

"그래요? 험담을 한 건 아닌데. 아, 금속은 딱딱하니까, 이런 느낌으로 가면 어떻겠어요?"

야마조에 씨가 메모지에 뭘 끄적거리더니 내게 보였다. 구리타금속이라는 글자를 디자인한 것이다.

"오호."

"마음에 안 들어요?"

"아니, 좋지 않나 싶은데."

좋아할 수는 있다. 그 말에 어떤 마음이 담겨 있는 것일까. 그런데 나도 마찬가지다. 야마조에 씨를 좋아하게 될 것 같은 게 아니라, 좋아할 수는 있다. 그런 기분이다.

20

그
남
자

주말 동안 후지사와 씨와 내용을 정리해서 월요일 늦게, 모두가 돌아가기를 기다렸다가 사장에게 기획안을 내밀었다. 같이 얘기하자고 했더니, 후지사와 씨는 "그거, 야마조에 씨 일이잖아요" 하고는 휑하니 가 버렸다.

"오오, 대단하군. 대단해."

얘기를 다 듣고 나자, 사장은 몇 번이나 감탄하면서 예상했던 것 이상으로 반색했다.

"궤도에 오르는 데 1년은 걸릴 텐데요."

"그게 무슨 상관이야. 고루한 회사에 새로운 활기도 생길 듯하고 말이지. 이런 생각을 하니 가슴이 설레는군."

"다행입니다. 광고만이라도 하루빨리 시작하는 게."

"그렇군. 그래도 야마조에 씨, 무리하지는 말라고."

"걱정 마십시오."

"휴일까지 일을 하겠다고 하니. 아무쪼록 몸이 상하지 않도록, 알겠지? 월급은 적어도, 스트레스와 중압감이 없는 게 우리 회사의 장점이니까."

사장은 그렇게 말했지만, 구리타금속에서는 아무리 일을 많이 해도 중압감도 스트레스도 생기지 않는다.

"창고를 개방한다고 그렇게 일이 많아지거나 바빠지는 건 아닙니다. 그리고 일이 힘들다고 스트레스가 쌓이는 것도 아니고요."

"하기야. 시간이 남아돌면 따분하고, 힘겨운 상황을 이겨내야 기쁨이 따르는 건 사실이지만. 아무튼, 몸을 잘 돌보면서 하라고."

"네, 알겠습니다."

"물불 안 가리고 너무 몰두하는 것도 좋지 않아."

기획 얘기를 들을 때는 눈이 반짝거리더니, 지금은 몹시 신중하다. 주춤거리는 사장의 심정은 잘 안다. 하지만 그렇기에 더욱이 뛰어넘고 싶다.

"즐기고 있습니다. 전혀 힘들지 않으니까 걱정 마세요."

"그래도 몸에 부담이 간다는 걸 자기는 모르니 탈이지. 너무 안간힘을 다해 뛰어들면 결국은 무리를 하게 돼 있어."

"저는 괜찮습니다."

사장이 타이르듯 조용히 말하는데, 나는 단호하게 잘랐다.

"저는?"

사장이 말을 되받았다.

"사장님, 부사장님 그러니까 동생분이 떠올라서 그러시는 거죠?"

말해도 되는 일인지는 모르겠다. 하지만, 나는 앞으로도 이 회사에서 죽 일할 생각이다. 그렇다면 한 걸음 더, 사장과 구리타금속 속에 발을 들여놓아도 괜찮을 것이다.

"아아…… 그렇군. 그럴 수도 있겠어."

"동생분은, 어떻게 된 겁니까? 제가 들어도 되는 얘기라면."

사장의 얼굴을 본다. 깊은 주름에 싸인 온화한 눈빛. 늘 나를 안심시켜 주는 눈이다.

사장은 차를 끓이면서 구리타금속이 한때 엄청나게 일이 많아 모두 쉬지 않고 일했고, 그때 동생을 잃었다는 것, 동생은 몸이 안 좋은데도 일을 우선한 탓에 병원에 가는 걸 미루다가, 병원에 갔을 때는 이미 시기를 놓친 다음이었다는 것, 겨우 쉰 살이었는데, 라고 얘기했다. 몇 년이 지나 당시의 감정이 많이 해소되었는지, 목소리가 차분하고 담담했다.

"일 때문이 아니죠."

얘기가 끝나자, 나는 그렇게 말했다.

"뭐라?"

"동생분이 돌아가신 건 병 때문입니다. 빨리 병원에 갔어야 했다, 물론 그건 사실이겠지만, 그렇다고 구리타금속 탓에 돌아가신 건 아니죠."

동생을 잃고 한층 강해졌을 테지만, 주위 사람들을 포용하는 사장의 너그러움은 슬픔과 후회로 조성된 것이 아니다.

흔들림 없는 따뜻함은 줄곧 사장의 내면에 뿌리박혀 있었던 것이다. 그런 사장과 함께라면, 구리타금속에서 하는 일이 목숨을 축내는 일은 절대 없으리라.

"그런가."

"그렇습니다. 당연하죠."

"야마조에 씨가 이상한 일에 자신이 넘치는군."

사장은 그렇게 말하고는 웃었다.

"사실이니까 그렇게 말씀드리는 겁니다. 부사장님과는 만난 적도 없고, 당시 구리타금속의 상황도 모릅니다. 하지만, 저는 사장님, 히라니시 씨와 스즈키 씨, 그리고 스미카와 씨를 알고 있습니다. 구리타금속의 일은 누군가를 괴롭히지 않습니다."

"그렇다면 좋겠군. 음, 정말 그렇다면 좋겠어."

사장은 고개를 끄덕거렸다.

"하게 해 주십시오. 저, 일이 좋습니다. 부사장님처럼 구리타금속에서 하는 일이요."

"그런 것 같군."

"그럼, 내일부터 움직여도 되겠습니까?"

"물론이지. 야마조에 씨가 괜찮다면야……."

"괜찮습니다. 어딘가에 몰입할 때는 발작을 잘 일으키지 않습니다."

내 말에 사장은 천천히 미소 짓고는,

"창고를 개방한다, 재미있는 발상이야. 나도 끼워 주면 어떻겠나. 처음에는 말이야, 거래처 가족을 초대하는 것도 좋지 않을까. 거기에서부터 시작해서 점점……. 아, 이런. 늙은 이가 간섭하면 방해가 되려나."

하고 말했다.

"무슨 말씀을요. 후지사와 씨와 이미 예상하고 있었습니다. 사장님이 함께해 주실 거라는 거요."

"허, 참."

사장은 소리 내어 웃었다.

"야마조에 씨는 말이야, 음, 그게, 커뮤니케이션 능력이라고 하나? 그게 아주 뛰어나."

"커뮤니케이션 능력이요?"

"음, 그렇다니까. 동생 얘기까지 꺼내게 하고 말이지. 게다가 내 행동까지 미리 예측하고."

사장이 즐거운 표정으로 말했다.

예전의 나는 누구와도 가깝게 지내고 많은 말을 나눴다. 새로운 사람을 알게 되는 것도, 다 같이 모이는 것도 좋아했다. 그 시절에는 사교적이라는 말을 자주 들었다. 그 시절에 비하면, 지금의 나는 말을 절반도 하지 않는다. 교우 관계를 넓히는 일도 없고, 사람과의 접촉도 피하고 있다.

하지만, 그 시절의 나는 슬픈 얘기가 나올 걸 알면서도 대화를 끌어갈 수 있었을까. 자신의 발작 증상에 대해서 이렇듯 자연스럽게 털어놓을 수 있었을까. 이루 셀 수 없는 농담을 했고, 웃었다. 하지만, 지금 같은 얘기를 누구와 공유한

적은 없었다.

"기대가 되는군. 다음 주 토요일이나 일요일에 다 모여서 창고 정리를 하고, 그다음 주에 프리오픈인가."

사장이 일어나 달력을 넘겼다. 아니, 조금 전까지 무리하지 말라고 몇 번이나 말하지 않았나요? 나는 웃음이 터져 나올 것 같았다.

"좀 이른데요."

"아, 그래. 이거 미안하군."

"아닙니다. 그렇게 가죠. 프리오픈 날, 거래처 가족에게 먼저 선보인 다음 의견을 들어 보고 개선점을 보완해서 황금연휴 첫날에 정식으로 오픈할 수 있으면 좋겠는데요."

"오, 그렇군. 그렇다면, 초대할 사람은……."

사장이 노트를 펼쳤다.

"프리오픈용 간략한 팸플릿을 만들겠습니다. 그리고 손님들이 직접 만져 볼 수 있는 상품 목록도 작성해 보죠."

나도 컴퓨터를 켰다.

"어쩌나, 야근 수당은 없는데."

"잘 압니다. 일이 한가할 때는 조퇴나 지각을 할 거니까."

"그럼, 화요일이나 수요일……. 아차, 우리 회사는 늘 한

가하지. 그럼, 쉬고 싶을 때 사양 말고 쉬어."

"네. 혹시 거래처 가족분들의 연령층이 어떻게 되는지 아세요?"

"그런 건 히라니시 씨가 잘 알 거야. 그 사람, 손님에 대해 다 꿰고 있거든. 그 일은 히라니시 씨에게 부탁해야겠군. 스즈키 씨는 원래 장인이었으니, 좋은 상품을 소개해 주겠지. 그러니까 그에게는 어드바이저를 청하고……."

사장은 이미 모두의 역할을 구상하고 있다. 이 사람 역시 일을 상당히 좋아한다. 뒤처질 수 없다. 나는 재빨리 키보드를 두드리기 시작했다.

* * *

3월의 마지막 날. 한 달에 한 번 정신건강의학과에 간다. 진료 내용은 언제나 한결같은데, 가지 않으면 처방전을 받을 수 없다. 나는 자전거를 타고 어슴푸레한 어둠 속을 달렸다.

"요즘은 좀 어떠세요?"

"음, 글쎄요."

"의존성이 심해지면 곤란한데, 상태가 웬만하면 조금씩

약을 줄여 볼까요?"

의사는 근황 얘기를 듣고는 지난달과 똑같은 제안을 했다. 평소의 나 같으면 바로 "안 되겠는데요" 하며 고개를 내저었을 것이다. 의존한 채로 지내겠다, 발작이 발생할 확률만 줄일 수 있다면 약을 계속 복용하겠다, 어차피 나을 가망성이 없는 병이니까 약만 받으면 그만, 이라는 생각이었다.

그런데 요즘 들어 약에 지배되지 않은 나는 어떤 모습일까, 라고 생각하곤 한다.

알프라졸람으로 진정시키는 것이 아니라, 팍실로 의욕을 부추기는 게 아니라, 스스로의 의지로 움직이는 자신. 약에 의지하지 않으면 예전의 나로 돌아가게 될까.

아니다, 그건 좀 다르다. 공황장애가 완치된다 한들, 친구들과 모여 떠들썩하게 놀거나 여기저기 돌아다녔던 예전처럼 행동하고 싶다는 생각은 안 들 듯하다. 거침없이 산 시간이었는데, 그 시절로 돌아가는 건 좀 아닌 듯하다. 그렇다면 지금의 나는 어떤 인간일까.

"글쎄요…… 어떨지."

내가 망설이자, 의사는 조금 놀란 표정을 보였다.

"요즘 좋아진 모양이군요."

"그렇게 보이나요?"

"안색도 꽤 좋아 보이고."

"안색……."

"조금씩 안정되고 있지 않나 하는데."

그런 말을 해도 되는 건가. 나는 의사의 얼굴을 빤히 쳐다보았다.

정신건강의학과 의사는 자기 의견이나 진찰 결과를 최대한 말하지 않는다고 알고 있었다. 매번 내게 말을 시켜 놓고는 상태를 살피고 처방전을 쓰는 게 일이라고. 오늘 처음으로 의사의 의견을 들은 듯한 느낌이다.

"약, 줄여도 문제없을까요?"

"단번에 줄이지 말고 천천히 줄이면 되죠. 그랬다가 무리다 싶으면 다시 원래대로 돌아가면 그만이니까요."

의사는 큰 문제 아니라는 듯이 말했다.

약을 끊으면 괴롭고, 한 번 실패하면 고생이 더 심하다. 인터넷에서 그런 소회를 몇 번이나 보았다. 과연 내가 약을 줄일 수 있을까.

"괴롭다는 얘기를 흔히 듣는데……."

"누가 그러는데요?"

"그게, 인터넷에서 검색해 보면."

"그렇겠죠. 쉽게 얻을 수 있는 정보는 보통 목소리가 큰 사람이 흘리는 경우가 많죠. 야마조에 씨를 아는 사람의 의견이 아니잖아요."

"그렇지만."

"다음 진료 날짜는 한 달 후가 아니라 일주일 후로 잡죠. 그러면, 어떻게 하는 게 좋을지 바로 판단할 수 있을 테니까요."

의사는 평소의 담담한 말투로 돌아와 접수창구에서 다음 진료 날짜를 예약하라는 말을 덧붙였다.

약을 줄이면 발작 횟수도, 불안을 느끼는 순간도 늘지 모른다. 그런 상상을 하면 두렵다. 하지만, 언제 올지 모르는 것에 지레 겁을 먹고 한자리에 꼼짝하지 않고 있는 것은 더 두려운 일이다.

일주일 치 약. 하루에 0.4밀리그램이 줄었을 뿐이다. 손에 들어 보아도 그 차이를 알 수 없는 무게. 겨우 그만큼 줄이는 데 2년이 걸렸다. 그리고 어쩌면 그 0.4밀리그램 없이는 견디지 못하는 날로 돌아갈 가능성도 열려 있다.

하지만 지금은 단순히, 보이고 싶다. 무엇에도 지배되지 않는 있는 그대로의 나를. 누구에게? 후지사와 씨에게.

"그럼, 가 볼까."

자전거에 올라타 집으로 향한다. 하늘색은 점차 짙은 남색으로 변해 가고 있다. 늘 해가 완전히 지기 전에 집에 돌아가려고, 밀려오는 어둠에 쫓기듯이 귀갓길을 서둘렀다. 하지만 저녁 해가 지고 나면 반드시 아침 해가 뜬다는 것을, 지금의 나는 알고 있다.

온몸으로 봄바람을 맞으며 페달을 밟는다. 내일은 뭘 할까. 그런 생각을 하면서 힘껏 자전거를 몬다.

그 여자, 후지사와 미사, 스물여덟 살, 생리전증후군.

그 남자, 야마조에 다카토시, 스물다섯 살, 과호흡증후군을 동반하는 공황장애.

이제 막 장밋빛 인생이 펼쳐지려는 때.

대학을 졸업해서 어엿한 직장에 취직하고, 사귀는 연인과도 알콩달콩 잘 지내고, 인간관계에도 별문제가 없어 부푼 희망이 앞날을 환히 비추는 그런 때.

정체를 알 수 없는 병증으로 인해 인생의 청사진에 검은 먹구름이 밀려온다면?

바로 그 여자와 그 남자의 경우다.

생리전증후군과 공황장애는 질병은 질병이되, 명약이 없으니 참 어렵다.

생리전증후군은 병명 그대로 생리가 시작되기 전에만 나타나는 정서적 · 행동적 · 신체적 불합리한 증상으로 일상

생활은 물론 사회생활에도 심각한 장래를 초래한다고 한다. 그리고 그 시기가 지나면, 예민해진 신경을 통제할 수 없어 불가피하게 저지른 실수와 후회와 한 달 뒤면 또 어김없이 찾아올 증상에 대한 불안만 남기고 깨끗하게 사라진다. 그러니 만약 증상이 딱 하루에 끝난다 하더라도, 심리적 타격은 한 달 내내 계속되는 고약한 질병이다.

공황장애는 공포, 불안, 발한, 현기증, 과호흡 등 증상이 훨씬 복잡하다. 게다가 아무런 외부적 요인 없이, 즉 진단할 수 있는 이유 없이 저절로 생기는 경우도 있다고 하니 더더욱 고약하다. 과호흡으로 인해 서서히 심장을 향해 밀려오는 마비 감각은 '이러다 죽겠구나' 하는 공포감을 유발하다 못해, 호흡이 정상적으로 돌아올 때까지 정말 죽음의 목전까지 가는 고통을 겪는다고 한다. 문제는 발작 증상을 일으키는 때가 아니면 정상적으로 생활할 수는 있지만, 언제 어디서 어떻게 발작을 일으킬지 모른다는 두려움, 주변에 알리고 싶지 않다는 고독감이 끝내는 일상을 무너뜨리고, 나아가 사회생활마저 유지할 수 없게 만드는 데 있다고 하는데…….

그 여자 후지사와 그리고 그 남자 아마조에는 황금 같은 사회 초년생 시절에, 이렇게 무슨 수를 써도 호전되지 않는 고질적인 생리전증후군과 어느 날 갑자기 시작된 공황장애로 급기야 직장에서 제 발로 물러 나온다.

장밋빛 인생의 꿈, 지금까지 쌓아 왔던 모든 것이 먹구름 너머로 사라진 대신 '왜 내게?'라는 끝없는 자문이, 정신과 육체의 위축과 자괴감이 그들을 괴롭힌다. 팔다리가 부러지는 등의 외상이 있거나 장기가 손상된 것도 아닌데, 이름도 알 수 없는 약을 꼬박꼬박 먹어야 하고, 남에게 어떻게 보일지 혹은 폐가 되는 것은 아닐지 늘 필요 이상 쭈뼛거리며 눈치를 보아야 하고, 심지어 한창 젊음을 구가해야 마땅한 20대에 사랑도 연애도 다 포기한 채 움츠리고 그저 하루하루를 살아가기에 급급한 이들이, 뒤덮인 먹구름을 가르고 그 사이로 비치는 한 줄기 빛을 바라보면서 마음 놓고 숨 쉴 수 있는 날이 과연 올 수 있을지……

구리타 금속.

사장 포함해서 직원이 고작 여섯 명인 작은 회사. 주된 일은 못, 슬레이트, 파이프 등의 건축자재를 경트럭에 실어 철물점과 대형마트, 인테리어업체에 납품하는 것이다.

사장이 아침마다 외치는 구호는 "오늘도 무리하지 말고, 탈 없이 안전하게".

무리한 요구가 없으니 회사 생활은 무탈하되 사업 실적은 현상 유지. 하루가 다르게 변화하는 현대사회에서는 딱 도태되기에 십상인 회사다.

그런 회사 구리타 금속을 무대로, 입사 3년 차 후지사와 미사와 새로 들어온 야마조에 다카토시의 만남이 이루어진다. 가만히 있으면 기민한 사람들의 세상에서 도태되기 딱 십상인 사람들이 만난 것이다.

세상에는 작은 일도 큰 일도 있고, 사람 가운데는 얌전하고 소극적인 사람이 있는가 하면 활달하고 적극적인 사람도 있다. 앞장서 무리를 이끄는 사람도 있고, 꽁무니에서 슬그머니 따라가는 사람도 있다. 타인에게 상처 주지 않기 위해 스스로를 낮추는 사람도 있, 자신이 껴안은 상처에서 지혜를 얻어 너그럽게 사는 사람도 있다. 크고 대단한 일에만 삶의 가치가 있고, 일하는 보람이 있는 것은 아니다.

작게나마 자신이 할 수 있는 일을 찾고, 소박하게나마 마음을 나눌 사람을 찾아가는 이 두 사람의 여정이 사랑스럽고 따스한 것은, 그들이 스스로의 상황을 깨닫고 인정하고 긍정해 가는 과정과 두루 겹치기 때문일 것이다.

생리전증후군 여자와 공황장애 남자의 만남.

느릿느릿 답답하지만 우당탕탕 요란할 때도 있고, 때로는 불똥도 튄다. 그리고 재밌다. 따스하다.

오늘이 지나면 내일이, 먹구름 걷히고 환한 빛을 품은 새 벽이 그들에게도 반드시 찾아오리란 것을 믿을 수 있다.

2021년의 마지막 날, 김난주

새벽의 모든

초판 1쇄 인쇄 2022년 1월 10일
초판 1쇄 발행 2022년 1월 20일

지은이 세오 마이코
옮긴이 김난주
발행인 박효상
편집장 김현
기획·편집 김설아 하나래
디자인 엄혜리
마케팅 이태호 이전희
관리 김태옥
종이 월드페이퍼 **인쇄·제본** 예림인쇄·바인딩
출판등록 제10-1835호
발행처 사람in
주소 04034 서울시 마포구 양화로11길 14-10(서교동) 3F
전화 02) 338-3555(代) **팩스** 02) 338-3545
E-mail saramin@netsgo.com
Website www.saramin.com

왼쪽주머니는 사람in의 단행본 브랜드입니다.
책값은 뒤표지에 있습니다.
파본은 바꾸어 드립니다.

ISBN 978-89-6049-934-8 (03830)